暴食のベルセルク 6
Berserk of Gluttony

迫りくる鋏《はさみ》は、俺に届くことはなかった。
俺と聖獣との間に、誰かが割って入ってきたのだ。
その人は黒槍で、Eの領域にある聖獣を
容易《たやす》く受け止めて見せていた。
幼い頃から見慣れた大きな背中。
俺にとって憧れだった背中だ。
「父さん!?」

「まったく、あの時から
フェイトは変わっていないな。
ダメだと言っても、
言うことはききやしない。
そういうところは
……母さん譲りだな」
聖獣の鋏を振り払うと、横顔を俺にも向けて
困ったように笑ってみせる。
「世話の焼ける子供だ。
まだ戦えるなら、俺に付いてこい」

滅茶苦茶嬉しそうに言いながら、
俺に抱きついてくるエリス。
姿はロキシーの目隠しによって見えないけど、
ものすごい柔らかな感触
だけは伝わってくる。
「じゃあ、おやすみ！」
「寝るな！　どうにかしてくれ！」
手を当ててるロキシーに力がこもっていくの感じるし、
メミルは腕に噛み付いているようだった。

暴食のベルセルク
～俺だけレベルという概念を突破して最強～
⑥

著：一色一凛
イラスト：fame

GCN文庫

Contents

Berserk of Gluttony
6

Story by Ichika Isshiki
Illustration by fame

第1話　商業都市テトラ

王都から南下してすぐ商業都市テトラが見えてきた。

このバイクという乗り物は、実に速い。

グリードが馬よりも百倍優れていると言っていたことは本当だった。

二人乗りで後ろに乗っているロキシーもご満悦のようだ。時折、彼女の鼻歌が聞こえてくるほどだ。

馬なら二日はかかる道のりなのだが、それを半日も経たずに来られた。

昼時ということもあり、ここで食事を摂《と》ろうという話になった。

バイクから降りて街並みを見渡す。

「相変わらず、すごい人だ」

「そうですね。ここは南方の流通拠点ですから、ほら見てください！　可愛《かわい》いっ」

「おおっ」

活気のある露店に並べられた装飾品。ロキシーはこういったものが大好きだ。

聖騎士だった頃は、彼女なりの考えがあってアクセサリーをほとんど身に着けないようにしていたという。だから、その頃は露店を回ってアクセサリーを眺めるだけにしていたそうだ。

でも今は、ハート家の家督を父親であるメイソン様に返上したから、一介の旅の剣士だ。まさか、俺に付いてきてくれるためにそこまでするとは思ってもみなかったので、ひどく驚いたものだ。でも、それと同時にすごく嬉しかった。

「どうしたのですか、フェイ？　ニヤニヤして」

「な、何でもない」

どうやら顔に出てしまっていたようだ。

黒剣グリードからも気が緩んでいるぞとお小言をもらってしまったけれど、無視しておこう。

首を傾げながら、俺に近づいてくるロキシー。最近の彼女は、今まで以上に俺との距離感がすごく近いような気がする。

「せっかくだから、何か買う？」

使用人だった頃よりも、お金に余裕があるので、ここにあるものならどれでも買ってあげることはできる。

　すると、ロキシーは首を横に振った。

「これだけで十分です」

　そう言って服の下に隠れていたペンダントを見せてくれる。昔、俺がロキシーにプレゼントした宝石を飾ったものだった。

「こうやって見るのは好きですけど、たくさん欲しいというわけではないんです」

「そっか」

　ロキシーと見つめ合っていると、後ろからピリピリとした冷たい視線を感じた。彼女もそれに気が付いたようで二人でその方向を見ると、

「お楽しみのところ、すみません。昼食はどうしましょうか？」

「うんうん、ボクもお腹《なか》が空いたところなんだ。そういうことは後にしてもらえるかな」

　虹彩の消えた瞳と感情がまるでこもっていない声で、メミルとエリスが言ってきた。

　そして、彼女たちは続ける。

「一緒に旅をしているのに、まるで二人旅のようになっている感じだね」

「エリス様の言う通りです。反省した方が良いと思います！」

「「すみません……」」

俺とロキシーは一緒に謝るのだった。

気を取り直して、俺はバイクは大通りに置いて大丈夫なのか？　盗難とかさ？」

「ところで、バイクは大通りに置いて大丈夫なのか？　盗難とかさ？」

「アハハハハッ……心配無用だよ。だって、あれを動かすには魔力が少なくとも100万以上必要だし。それにバイクには王家の紋章をあしらっている。もし盗もうものなら、極刑だね」

「ニコニコしながら、怖ろしいことをさらっと言うのはやめてくれよ」

「ごめん、ごめん。前にも言ったけど、長い年月を生きていると、段々といろいろなことに鈍感になっていくんだよ」

同じことをマインも言っていたことを思い出す。彼女はエリスよりも長く生きているはずだ。

そのためなのだろうか。

マインには味覚が失われているという。何を食べても同じだ、と言っていた。

今、彼女は俺たちのもとを離れてしまっている。理由は彼の地への扉という得体の知れないもののためだ。

それは、マインにとって生きている意味であり、譲れないものでもある。

彼の地への扉……今わかっていることは、死んだ者をこの世に呼び戻せる。それによって、ガリアで亡くなったロキシーの父親や兵士たちが王都へ戻ってきた。

そして、俺の父さんも蘇《よみがえ》ってしまった。

しかも、何らかの契約によって生きていた頃よりも、強くなってだ。

対象は人間だけにとどまらない。太古の昔に絶命したはずの魔物までも生き返ってしまっているようだ。

それらは、今の時代の武人ではまったく歯が立たないほどのステータスを持っていた。

つまり、Eの領域だ。

その領域では、同じステータスを保持していなければ、傷つけることさえかなわない。

天竜が、生きた天災と呼ばれていた所以《ゆえん》でもある。

そんな古代の魔物たちが蘇って暴れ出せば、人々はパニックに陥《おちい》ってしまうだろう。

俺たちはこれから起こる厄災を止めるべく、彼の地への扉を開こうとしているシンを追っているのだ。

やつはバルバトス家のハウゼン付近に潜んでいるらしい。エリスがシンの分体から、気配を辿ってわかったことだ。

シンがそこにいるなら、同じく彼の地への扉を求めているマインもいるはずだ。

彼女を見つけて止める。

言葉にすると簡単だけど、マインを止められるかと訊《き》かれたら、生半可な覚悟では無理だろう。

以前にグリードが言っていたように天賦《てんぷ》の才を持つ彼女は、別次元の強さだからだ。戦えば、必ず代償を支払うことになるだろう。

それを意識すると、ハウゼンまで距離があるというのに、少しずつ緊張してくるのを感じた。

すると俺の緊張感が伝わってしまったのか、ロキシーが俺の手を握ってきた。

「さあ、昼食に行きましょう！　フェイのことですから、どうせお肉ですね」

「おっ、おう！　それなら分厚い肉が食べたいな」

「ではこちらへ。この大通りを少し歩いた所に酒場があって、そこのお肉は柔らかくて美味《おい》しいですよ」

「そうなんだ」

「はい、ガリアに向けて遠征しているしきに、ムガンに教わって行ってみたんです。そしたら、当たりでした」

「あの人はいろいろと詳しそうだからな」

「うんうん、年の功ですね」

二人で先に進もうとしたら、またしても冷たい視線が⁉

彼女と一緒に横を向くと、そこには目を細めるエリスとメミルがいた。

「ボクが言ったことを、もう忘れてしまったのかな？」

「アウトです！」

この二人……手厳しい。ちょっとロキシーと昼食を食べに行こうとしただけなのに……

それがダメなんですよね。

「「ごめんなさい」」

「まったく……ところで、昼食はお肉料理にするのかい？」

「はい、エリス様。そのつもりです。ですが、あの酒場には美味しい魚料理もあります。メニューは他にもたくさんありました。南の物流拠点だけあって、食材も豊富みたいですし」

「良いお酒はあるんだろうね」

「もちろんです！」

「なら良し！」

エリスはお酒が大好きなのだ。そして酒豪でもある。

樽一杯のワインを飲むなんて朝飯前。王都の行きつけの酒場で一緒に飲んだときは、それを見せつけられて目が点になってしまったくらいだ。

「ほどほどにしておいてくれよ。バイクの運転ができなくなるからさ」

「問題ないね。なぜなら、メミルちゃんがいるから」

こういうときだけ、可愛らしく言われたメミルは戸惑っていた。しかし、女王様からのお言いつけだ。

チラリと俺を見て、バツの悪そうな顔をするが、

「かしこまりました。この後の運転は私が頑張りますので、ごゆるりとお酒を楽しんでください」

「いい子だね！　うんうん」

メミルは従順なメイドのように、エリスを楽しませることを優先してみせた。それには女王様も大満足。

ニコニコしながらメミルの頭を撫でていた。

そんな中、ずっと彼女は俺を見つめながら、何かを訴えかけている。そう言えばテトラに着くまでずっとエリスの面倒を見ていたのはメミルだ。

わがまま女王様のあれやこれやという話を、バイクの後ろで聞かされていたのかもしれ

ない。

すると、メミルは吸血するための犬歯を俺にだけ見せてきた。

ん⁉ つまり、今日の夜は血を吸わせろということらしい。

この間吸ったばかりだというのにまた俺の血を飲みたいようだ。それでエリスのご機嫌取りを引き受けてくれるなら安いものだ。

俺が頷くと、メミルはパッと明るい表情に変わった。

「じゃあ、決まりだな。肉をもりもり食べるぞ！」

「「おう！」」

うん、今夜は大量の血を失う。肉をしっかり食べてそれに備えておこう。

ロキシーの案内で入った酒場は、客が一杯で大繁盛していた。座るテーブル席が無い状態だ。

困っていると、エリスがいつものあれを使いだした。

色欲スキルの魅了だ。席に座っていたガラの悪そうな冒険者たちが、吸い寄せられるように彼女のもとにやってくる。

「席を譲ってもらえるかな？」

「はい！　喜んで！」

「いい子ね。あなたたちは、ボクの食事が終わるまでそこに正座して待ってなさい。ボクの食事姿を見せてあげる」

「ありがとうございます！」

お店も態度の悪い彼らには困っていたみたいで、簡単に手懐けてみせたエリスに拍手を送っていた。

「じゃあ、席が空いたことだし座ろう！」

「いつ見ても、怖ろしいスキルだな」

「そうだよ。なんなら、試してみる？　ボクはいつでも準備はできているよ」

「今はやめてくれ！　食事するんだ……鼻血を出したくない……」

「残念……夜も空いているから、いつでも声をかけてね」

ウインクをしてくるエリスに震え上がりそうになる。

ガリアで、彼女の魅了を使って地獄の精神鍛錬《たんれん》をした記憶が呼び起こされてしまう。

あれは今思い出しても、よく耐えきれたと思えるものだった。

冷や汗をかいていると、注文した料理がやってきた。

エリスだけ魚料理で、他はみんな肉料理だ。

俺はスタンダードな王道の牛ステーキだ。

ロキシーとメミルは、香草を食べさせて育てた鶏肉と、ふんだんに牛乳を使ったシチュー。

そして、異彩を放つ、エリスの前に置かれた巨大な焼き魚。

「全部、食べられるのかよ」

「うん、問題なし。後はこの店で一番美味しいワインたちを召喚だよ！」

パンパンと手を叩くと、ウェイトレスたちがワインの瓶を手に持ってやってくる。それを魚料理の周りに置き始めた。

これから宴会でもする気なのかと思うほどだ。

「素晴らしい！　フェイトも飲むかい？」

「俺はやめておくよ。この後用事があるから、飲めないかな」

「ん？　どこへ行くんだい？」

「墓参りさ。それにちょっと調べたいこともあるし。今日の夜には戻ってくるから」

「そっか……残念。ひとり酒か……ロキシーとメミルはお酒を飲まないし……寂しい」

そう言いながら、ワインをガブガブと飲んでいる。もうひとり宴が始まっているようだ。

ロキシーとメミルも、久しぶりの王都以外での外食とあって、テンションが高い。

彼女たちは添えてあったパンを小さく千切っては口に運ぶ。そしてシチューをスプーンで掬《すく》っていた。

お互いに美味しいねと言い合いながら、次は何を食べようかと相談している。

ここのところ、二人の仲は良いようだ。

昔はハート家とブレリック家という対立関係だったけど、互いに家のしがらみから離れたことでうまくいっているみたいだな。

さて、熱々のステーキが冷めない内にいただくとしよう。

俺は目の前の肉を大きく切り取り、口に頬張る。

「んんんん!!」

焼き加減は絶妙！　肉汁たっぷり！

あまりの美味しさに、気分も最高だ!!

大酒飲みの横で、ルンルン気分になってステーキを食べていると、酒場に冒険者パーティーが入ってきた。

見るからに強そうな感じ。装備もかなりいいものなので、上級の冒険者たちだろう。

その男たちは席が一杯であることを知ると、わざわざ俺たちの所までやってくる。

「おいっ、そこのお前。いい御身分だな。若造のくせに、綺麗どころを侍《はべ》らせて！　俺たちは腹が空いている。そこを譲ってはくれないか？」

「ハハハハハッ、そうだ。リーダーの言う通りだ」

「退《ど》けよ、三下野郎」

どうやら、俺を追い出して、彼女たちと一緒に食事を摂りたいようだ。なんて命知らずなやつらだ。

無知とは、時にとんでもない過ちを犯してしまうんだな。

俺は忠告とばかりに言ってやる。

「やめておけ。それ以上、口を開かない方がいいぞ」

「なんだ⁉　その口の利き方は。俺たちが誰だかわかって言っているのか？」

「それはそのまま返すよ。もう知らないぞ」

「ハッ、やれるものならやってみろよ」

その言葉を聞いて、俺以外の女性陣が一斉に立ち上がった。

ロキシーはこのような非道なことは許さない。メミルは、ずっとエリスの面倒を見て鬱《うっ》憤《ぷん》が溜まっている。

そして、女王エリスは楽しくお酒を飲んでいたのに、邪魔をされてかなり怒っていた。

正直言って……俺は彼女たちを止める術《すべ》を知らない。

代表してエリスがニッコリと笑いながら彼らを誘う。

「そこまで言うならボクたちがお相手しようか？」

「おおっ、本当かよ。やったな」

「じゃあ、店の邪魔になるから、こっちに」

「行くぞ、お前ら！　じゃあな、若造。一人で寂しくステーキでも食ってろ！」

冒険者たちはエリスたちに誘われるまま、意気揚々と酒場から出ていった。そして一分も経たない内に彼女たちだけ戻って来た。

「ふぅ～、困った人たちだったね」

「そうですね。まだまだ武人にはあのような人たちがいるのですね」

「スッキリしました。食事の続きです！」

「「うん！」」

何事もなかったかのように俺の周りに座る彼女たち。なんというか……せっかくのステーキの味が感じられなくなってしまいそうだ。

だから言ったのだ。彼女たちの食事を邪魔するなと。危険過ぎると。

マインも同じように、怒っていたことを思い出す。

……俺の周りにいる女性陣のパワフルさには困ったものだ。

第2話　失った故郷

酒場の酒を飲みまくったエリスが、宿屋で休憩することに……。彼女のおかげで楽しい昼食が、後半には絡まれてばかりになってしまった。

特に酔ったエリスは、俺の側《そば》にいたがるから大変だった。無理やり俺とロキシーの間に入ってきて、食事の邪魔をしてくるのだ。

彼女を宿屋に連れて行くのは、メミルだ。この旅でお世話係を任せられているためだ。

「エリスを頼んだぞ」

「ううぅぅ、私だけでどうにかできるのでしょうか……すごく不安です」

「大丈夫だ」

「信頼していただくのは嬉しいんですけど……その根拠のない自信で言われても。フェイト様も一緒に来てくださいよ」

「食事中にも言ったけど、行く所がある。だから、それまでエリスと一緒に待っていてくれ」

「えっ、お留守番ですか⁉」

「……そういうことだ」

なんだかんだいってメミルは付いてくる気だったようだ。残念だが、諦めてもらう。

恨めしい目で俺を見ているので……帰ったら、思いっきり血を吸われてしまいそうな気がする。

メミルに肩を借りて、良い気分で歌っているエリスに声をかける。

「エリス！　ちょっと行ってくる。戻ってくるまでに酔いを覚ましておいてくれよ」

「ふぁ～い‼　了解したぁ‼」

メミルに抱きつきながら、俺に返事をしてきた。完全にできあがっている。

「待っているね～。それまでの間はメミルちゃんに相手をしてもらおう。フェイトはあれだけ仕掛けたのに、見向きもしなかったし。グスン……この寂しさをぶつけないと！　ねえ～、メミルちゃん！」

「ヒッ⁉　えええっ、それは困ります！」

「良いではないか、良いではないか！」

「どこを触っているんですかっ‼　フェイト様、大変ですよ！　妹のピンチです！」

「えっと……頑張ってくれ……」

俺はそれだけ言うと背を向けて、歩き出す。

後ろからは、メミルの助けを呼ぶ声が聞こえてくるが……。

ずっと黙っていたロキシーが、そんな俺を横目で見ながら言ってくる。

「いいのですか？　メミルがとても困っていましたよ」

「他にエリスの面倒を見られる人がいないし……ここは我慢してもらおう」

メミルは、シンの分体を宿している。そのため、エリスの色欲スキルによる魅了が効かない。

酔ったエリスはまさに魅了の悪魔と化してしまうときがある。これは、俺でも堪《こた》えるほどの魅了だったりする。

だから、こういったときは完全耐性を持っているメミルにお願いするのが一番だ。

彼女に押し付けたことに申し訳なさそうなロキシーに言う。

「なら、ロキシーがエリスの面倒を見てくれると嬉しいんだけど」

「それは……」

すると、彼女は戸惑った顔をする。いつものロキシーらしくない歯切れの悪さだ。

大通りに止めておいた魔導バイクに乗りながら、訊いてみる。

「ん？　どうしたの？」

「エリス様は……私のことをすごい目で見たりするので……」

「えっ、そうなの？」

「フェイはそういうところは鈍感だと諦めています。どのようなときかというとですね……フェイと一緒にいるとき、たまに私をじっと見つめているんです」

「怒っているってこと？」

「そういう感じではないのですが……」

なんとも言い表せない感じなのだという。エリスの過去も謎だらけだ。

俺が知っているのは、前にいたという暴食スキル保持者に助けられたということだけだ。それは彼女の口からではなく、側近の白騎士によって教えてもらった。

エリスはあまり、自分の過去を話したがらない。おそらく……あまり面白い内容ではないからかもしれない。

俺も似たようなものだから、その気持ちはよくわかる。

今度……酒を一緒に飲むときには、ちゃんと彼女に話してみよう。

ロキシーが後ろに乗り込み、魔導バイクに魔力を流していく。人を躱《かわ》し、スピードを抑えながらゆっくりと進んでいく。

道行く人々の視線が俺たちに集中していた。

この世界では失われていた四千年前の遺産だ。

誰も見たこともない乗り物に興味津々といった具合である。

さらに商人の都市でもあるので、こういった金になりそうな技術には注目が集まるのは自然なことなのだろう。

しかし、魔導バイクに刻まれた王家の紋章に気がつくと、すぐにかしこまって頭を下げる。または跪《ひざまず》く者までいた。

エリスが言っていた通り、王様は絶対の存在なんだと痛感させられる。

俺にとっては、魅了で日々誘惑してくる困った人なのだが……。

「なんだか……たくさんの人たちのこの反応には困ってしまいます」

「このバイクはまだまだ珍しいし、王家の紋章のパワーだからな。すべてにおいて、インパクトが大きすぎるんだ」

「慣れるしかないってことですね」

「そういうこと。人混みが減ってきた。スピードを上げるから、しっかりと掴《つか》まって！」

「はい」

居心地の悪い場所とは、さっさとおさらばするに限る。

俺たちはバイクを走らせて、商人たちの都市テトラを出ていく。

目指すはここから西にある俺の故郷だ。

そこで、どうしても確かめておかなければいけないことがあった。

ロキシーが腰に回していた腕に力をわずかに入れながら、訊いてくる。

「フェイの故郷はガーゴイルによって、燃やされてしまったんですよね」

「ああ、以前ガリアへ向かうときさ。立ち寄って、いろいろあって……」

「そうなのですか……よろしければ教えてもらえますか？」

「あまりいい話ではないよ」

「構いません」

そこまで言われては、話さない訳にもいかない。

故郷に着くまで、この思い出話を語ろう。

ため息を一つついて、俺はロキシーに故郷であったことを教えていった。

事の始まりは、テトラで村長の息子――セトに出会ったことだ。彼は村を襲っていた魔物を、討伐してくれる武人を探していた。

だが、テトラでは他の魔物討伐依頼が多く、セトの持っているお金では武人を雇えないようだった。

彼とは昔、村を追放されたときのわだかまりがあった。それでも、五年ぶりに両親の墓参りをしたかった俺はついでとばかりに請け負った。

「セトは妻を失い、幼い娘と一緒に暮らしていた。そのことや、討伐依頼などで村の外を見る機会があって、昔の彼ではなかったんだ」

「なるほど。セトって確か……ハウゼンで復興に協力してくれた人ですよね」

「うん、今ではハウゼンを取りまとめる一人だよ」

結局、俺が故郷に戻った夜に、ガーゴイルたちの奇襲があった。気が付いたときには、村人のほとんどは襲われていた。

その中で、俺はセトと娘を守ることを選んだ。

戦いが終わった頃には、村は壊滅状態で、ガーゴイルの炎弾魔法によって焼かれてしまった。

「村は……残念でしたね。でもセトとは仲直りできたんですね」

「ああ、あいつに過去のわだかまりのすべては清算できないだろうけど、一発殴ってくれって言われてさ」

「ええっ、殴ったのですか？」

「思いっきりはしてないって、そんな ことをしたら大変なことになるし。軽く一発、やったんだ。そしたら、セトのやつ……いい顔で笑ったんだよな」

　その姿に俺は父さんを重ねてしまった。

　あの人は、幼かった俺を元気付けるためによく笑っていたから。

　先に進んでいくセトの笑顔を見ていたら、もう過去のことはどうでも良くなっていたんだ。

「よかったですね。フェイにとっても」

「そうだと思う。あのときにセトと仲直りできていなかったら、ハウゼンはまだ復興できていなかった。思い知らされたよ。繋がりの強さを……別れても、あのときの気持ちはちゃんと繋がっていたんだってさ」

「そうですよ。私だって、フェイのことを思っていましたし」

「ロキシー……ありがとう」

「どういたしまして」

　さらに加速していくバイクに振り落とされないように、ロキシーは俺をさっきより強く抱きしめてきた。

　いきなりでドキッとしてしまう。だけど、彼女と繋がっている感じがして嬉しかった。

　しばらく進んでいくと、焼けた村が見えてきた。

もうここには誰も住んではいない。

もっと時間が経てば、ここへ来る道にも草木が生えて簡単には来られなくなってしまうだろう。

バイクから降りて、辺りを見回す。

「ガーゴイルに襲われてから、時が止まっているような感じだな」

「……フェイの故郷を見てみたいと思って付いては来ましたが……これほどとは思ってもみませんでした」

ロキシーが申し訳なさそうな顔をして隣に立っていた。

俺ができるのは彼女の手を握るくらいだった。

「あの場所へ行くのでしょ？　フェイは大丈夫ですか？」

「行くさ。そのためにここへ戻ってきたんだ」

二人で村外れにある俺の家へと歩いていく。

またしても、手付かずになっているために、春の陽気に誘われて草が芽吹き始めている。

もっと暖かくなれば、これらは腰辺りまで背を伸ばすことだろう。

家もまた焼け落ちていた。しかし、これはガーゴイルの仕業ではない。

ずっと昔に俺を村から追放したあと、村人たちによって焼かれたものだった。

他とは違った家の様子から、ロキシーは何かを察したようだった。

「フェイ……」

「もう終わったことさ」

俺たちは、家の裏手へと進んでいった。

その先にはここへ来た目的がある。俺の両親のお墓がどうなっているのかを確認するために来たのだ。

ゆっくりと近づく俺の目に入ってきたのは……。

「くっ……くそっ……本物だったんだ」

「私のお父様と一緒ですね。フェイのお父さんは……」

「ああ、蘇っている。シンの分体を奪い、ライネを誘拐したのは間違いない、俺の父さんだ」

二つのお墓の内、一つだけが土の中から何かが這《は》い出てきたような痕跡があった。

死んだはずの者が蘇ってきた。そう確信するのに十分なものだった。

蘇ったのは父さんだけ。母さんは今もお墓の下で眠っている。

理由はよくわからないけど、復活できる者とそうではない者がいるのかもしれない。まあ、それは今のところ推測でしかないが。

ハウゼンに行けば、自《おの》ずと答えに近づけそうな気がする。

父さんがどういった目的で動いているのかは知らないけど、これは「契約」だと俺に言った。

きっとこの言葉には大きな意味があるはずだ。

ここには、それを知る手がかりも探しに来た。

俺は屈《かが》んで、父さんのお墓に何かないかと確認していく。

すると、ロザリオが土の中から顔を出した。

「これに……刻まれた紋章はなんだろう」

「どこかで見たことがあります。えっと……あああっ!!」

ロキシーは思い当たることがあったみたいだ。そして、どこか迷ったように教えてくれる。

「これは教会で昔使われていたラプラス神を表す紋章です。今ではその神を信仰する者はわずかだと聞いています。信仰が廃れつつありますが、フェイのお父さんはラプラス神の信徒だったようですね」

「たしかに……俺が幼かった頃、一緒に毎朝祈りを捧げていた。それがラプラス神だとは知らなかったけど……」

「しかも、ここを見てください。どうやら、信徒の中でも高い地位にあたるゾディアックナイツだったみたいです」

「ゾディアック……ナイツ？」

「ええ、私も詳しく知りませんが、屋敷にあったラプラス教の古い書物で読んだことがあります。そこにこのロザリオの絵と共にゾディアックナイツについて書かれていました。その者たちはこの国が建国されるよりも昔……かつては神の子孫と呼ばれるほどの大きな権力を持っていたそうです。しかし、理由はわかりませんが、今ではラプラス教自体が衰退してしまって、それに合わせてゾディアックナイツもいなくなってしまったらしいです」

「今では書物に残されているだけのはずだった？」

「はい。ですが、フェイのお父さんがそのロザリオを持っているなんて……」

父さんにまさか……そのような過去があったとは知りもしなかった。

これは重要な情報になるな。

俺はポケットにロザリオを大事にしまう。そして、荒れていた二つのお墓をきれいにしていく。

ロキシーも手伝ってくれたので、思ったよりも早くできた。

「ありがとう、ロキシー」

「これくらい大したことないです。フェイのご両親に、こうやって挨拶できてよかったです」

「そのうち一人はお墓から出ていて、今はいないけどさ」

「では直接会って、挨拶しないとですね！」

「ああ、そのときは俺もちゃんとするよ」

「はい！」

ロキシーが付いてきてくれて本当によかった。

ちなみにここまでの道中、グリードは話しかけてくることはなかった。

おそらく、彼なりに気を使ってくれたのだろう。グリードにも感謝だな。

アーロンとの手合わせで既に決めていた。そして、現実をこの目で見られたことではっきりした。だから、中身の無いお墓の前で敢えて言おう。

「父さん、次に会ったら……俺はあなたと戦うよ」

気持ちの整理はついた。

俺たちは二つのお墓を後にして、エリスたちが待つ商業都市テトラへと戻るのだった。

すべてが終わったら、またここへ来るよ……母さん。

第3話　ゾディアックナイツ

知らなかったこと、知りたくなかったこと。それが同時に訪れると、どうやら人はとても戸惑ってしまうらしい。

商業都市テトラに戻ってからも、心の中はどこかざわつき続けていた。

ロキシーとは宿屋の前で別れた。そのときの彼女は心配そうな顔をしていたのを覚えている。

だけど、少しの間一人になりたいという俺に、何も言うこともなく部屋に歩いていった。

俺は夜空の星を見上げながら、大通りを歩く。黒剣グリードが俺を見かねてか、声をかけてきた。

『どうした？　父親と戦うって決めたくせに、何を浮かない顔しているんだ』

「それは決めたことだから、もう大丈夫さ」

『なら、今更何を思う？』

「俺は父さんのことを何も知らなかったんだ……。知っているのは、優しい父親で、いつも俺のことを守ってくれた。だけど、それだけだった」

『それはお前が子供だったからだ。幼い子供に親が抱えている事情を知ることなど、できないだろう』

「……でも、もっとあのときに、父さんが傷だらけだった理由を訊いておくべきだったと思う。ロキシーが言うには、ゾディアックナイツってとても強いらしい。だったらあのとき、父さんは何と戦っていたんだろう。あんなに近くにいたのに全くわからなかった。あの頃の俺は守られていることが当たり前で、それだけで精一杯で周りのことを考えることすらできなかった」

『お前のスキルに関係していると？』

「可能性はあると思っている」

古い時代から信仰されていたというラプラス教。その信徒たちによって設立されたラプラス教会は、王国よりも歴史は古いらしい。

文献にはガリア崩壊より前だと書いてあったとロキシーが言っていた。数千年もの昔から信仰をされてきたという歴史を持ちながらも、今はほとんど廃れている。

そしてラプラス教会という統括機関も千年前には無くなってしまっているらしい。理由は不明だ。

まとめる者がいなくなったことで、今は各所に残っている教会が独立して運営しているだけだ。おそらく、ラプラス教が衰えたのはこれが原因だろう。

たとえば王都にある教会はスラムにある。そこではシスターたちが持たざる者たちを救済する活動を細々としていた。

シスターたちは悪い人たちではなかった。身を粉にして孤児たちを育てたり、浮浪者に食事を与えたりしていた。

生半可な気持ちでやれることではない。

尊敬すべき人たちだった。

父さんはそんな人たちよりも、地位の高いゾディアックナイツだという。どうなのだろうか……子供の頃の父さんは優しくて、まるでシスターたちのようだった。

だけど、黒槍を手にして俺の前に立っていた父さんは違っていた。

顔には真っ赤に光る入れ墨。それを歪ませながら、無理やり作ったような笑い顔。

あの顔は俺の知っている父さんの顔じゃなかった。そこにあったのは、知らない顔だったんだ。今ならわかる。ゾディアックナイツとしての父さんを、知りたくなかったんだと思う。

俺は子供の頃から、どこかで父さんを英雄視していたんだ。

『がっかりするのもいいが、明日にはここを旅立つ。それまでにはいい顔をしておけよ。一杯飲んでいくか？』

グリードの声で上を向けば、壁にぶら下がった酒場の看板が見えた。

「そうだな。たまにはいいことを言うじゃないか」

『たまには、は余計だ。俺様はいつもためになることを言っている』

「アハハッ。なら、お言葉に甘えて」

酒場のドアを開けると、中はやはり賑わっていた。入る前から、ドア越しに愉快な声が漏《も》れていたからだ。

ロキシーにも教わった。暗い気持ちになったときこそ、明るい場所へ行きなさいと。

これで少しは気分が紛れるだろう。

空いている席を探していくが、思うようなところがなかった。

これはダメかなと思っていると、大きな丸テーブルに一人で座っていた若い男が、俺を見てニッコリと笑う。

あまりにも愛想がいいため、俺をだれかと勘違いしているのではないかと思ってしまったくらいだ。

しかし、彼は間違いなく俺に向けて手を振っていた。

その男は、仕立ての良い服を着ていた。それはどこか宗教の香りがするものだった。

「ここに座るといいよ。来るはずだった者たちが、所用ですべて来られなくなってしまったからね。だから、遠慮することはないさ」

俺もここまで来て、新たな酒場を探して歩く気にもなれなかった。それに、この銀髪の男に興味が湧いたからだ。

胸元のロザリオに見覚えがあった。

「そんな怖い顔をしないでくれるか。せっかく席を譲ったのに。フェイト・グラファイト……いや、今はフェイト・バルバトスか」

「なぜ俺の名を。お前は……」

「まあ、座りなよ」

男はウェイトレスが持ってきたワインを受け取りながら言う。そして予《あらかじ》め机に並べられていた十三個のグラスの内、二つだけに注いだ。

一つは自分に、もう一つは俺に。

「飲むといいよ。上物だ。ここは南方の物流拠点だけあって、良い物が手に入る。他の者たちにも飲ませてやろうと思ったのだけど、こうして待ちぼうけさ」

俺は席に座り、もう一度銀髪の男に訊く。

「その前に、お前は何者だ？」

「気が早いね。いやはや、似ているね。血は争えないか。まあ、いいさ。僕はお祭しの通り、ゾディアックナイツだよ。名はライブラ」

「父さんとはどういう関係だ？」

「戦友さ。彼が蘇ったのを感じて、ここまでやってきたのだけどさ。遅れてしまい、会えなかったみたいだ。ついでに他の者たちとここで、この世の酒を楽しもうと思っていたのに残念だ。うまくはいかないものだね」

ライブラは父さんを知っているらしい。

さらに訊いてやろうと口を開くが、手で制された。

「このくらいにしよう。美味しいワインがまずくなる。詮索ばかりしていると、自分の無知を相手に知られると思った方がいい」

「誘ったのはお前の方だろう」

「ああ、そうだよ。ディーンが命をかけてまで守った息子の顔を、しっかりと見ておきたかったんだ。なら、一つだけ教えてあげるよ」

彼が自分の顔を指差すと、赤い入れ墨が顔に現れた。これは……形は違うが、父さんの

入れ墨と雰囲気が似ている。

「これは聖刻と呼ばれる神からの天啓《てんけい》だよ。これによって僕らは信じられない力を得るんだ。大罪スキルに匹敵するほどにね。まあ、そのための力でもあるんだ」

ライブラの言葉は、大罪スキル保持者と戦うことを意味している。そう感じた瞬間、俺は黒剣に手をかけるが、

「今は戦うつもりはない。いずれはそうなるかもしれないけどね。皮肉な話じゃないか、聖刻持ちのゾディアックナイツ……その息子が大罪スキル持ちだなんてさ。僕たちが……教会から逃げ出すわけだ」

「逃げ出した？」

「そうさ。そのときディーンの妻は身ごもっていた。そして行き着いた先は、君のよく知っている場所だね。そして、ディーンの妻は君を産んで死んだ。長きにわたる逃亡によって、体が疲弊していたのだろう」

母さんが死んだ理由を聞かされていく内に、黒剣を鞘から抜こうとした手を下ろしていた。

知らされたくなかった……。

俺の暴食スキルは、村にやってきた鑑定士によって、初めて発覚したものだとずっと思

っていたからだ。しかし、そうではなかった。ライブラの言葉を鵜呑《うの》みにするなら、俺が生まれてくる前から……父さんたちは俺のスキルを知っていたことになってしまう。そのようなことが可能なのか？

どのようなスキルを持っているかは、生まれてきてからでないとわからないはずだ。なぜなら鑑定スキルは、母体と胎児を見分けることができない。スキルを発動させると、必ず母体を鑑定してしまうからだ。

幼い頃、父さんからは偶然に暴食スキルを得てしまったと教えられてきた。だけど……もし、生まれる前からわかっていたのなら……これは偶然ではない。

必然だったとしたら……人為的な方法で暴食スキルを得て生まれてきたことになるだろう。

でも、スキルは神様からの贈り物《ギフト》だ。神様に等しい行いが可能となる方法があるというのか。

「お前はこのスキルの何を知っているんだ？」

「少なくとも、君よりはよく知っているさ」

俺は苛立ちを覚えてライブラを睨んだ。彼はそれを笑顔で受け流して、手に持っていたワインを飲み干して言う。

「両親が守ってくれた大事な命だ。ここから先へは行かない方がいい。おそらく、ディーンもそれを望んでいる」

「それは……警告か？」

「忠告だよ。大事な戦友の息子だ。暴食スキルの負担によって、儚《はかな》く散るのを見たくない。ましてや暴走してしまい化物となった君が、ディーンと戦う姿は見たくもない。見たところ、あまり長くはなさそうだ」

「……」

「まあ、いいさ。また近々どこかで」

ライブラは席から立ち上がり、酒場から出ていった。俺の前にはワインが注がれたまま手付かずのグラスと空の十二個のグラスが残った。

そんな俺にグリードが《読心》スキルを介して言う。

『どうした、飲まないのか？』

「飲めるわけがないだろう。グリードは知っているんだろ？　ゾディアックナイツについてさ」

『まあな。このグラスを見てみろ。いくつある？』

「十三」

『聖刻を持つゾディアックナイツは十三人いる。ライブラが言っていた通り、ゾディアックナイツたちは天啓と呼ばれる絶対遵守の契約を神と交わしている』

「父さんが言っていた契約って？」

『それだろうな』

「なぜ、ライブラは俺に接触してきたんだろう」

『敵意はなかったから、単に顔を見に、だろう。彼の地への扉が開きかけている関係で、やつらも動き始めたということだ』

「止める方なのか？　それとも逆なのか？」

『天啓によって動く。俺様たちに神の真意がわからないように、やつらの行動原理など理解できない場合が多い』

　父さんも目的の遂行《すいこう》だけを優先していた。その間に凍《こお》りづけにした兵士や聖騎士たちの命を奪わなかった。

　グリードの言うことが本当なら、天啓がそこまで望んでいなかったことを意味する。

　しかし、天啓の意向によっては……。

「戦わなければいけないのか」

『そういうことだ。十三人もいる。フェイト一人ではおそらく無理だな』

「シンのこともあるのに……。ゾディアックナイツもか……」

『天竜一匹と戦っていた頃が懐かしいな』

「言っておくけど、あのときだってかなり大変だったんだからな」

おそらくゾディアックナイツも、俺やエリスと同じEの領域だろう。そうなってくれば、人数比でかなりキツイな。

あの様子なら、ハウゼンまでにまたライブラと会うことになりそうだ。

俺の前に置かれたワインを眺めていると、グリードに言われてしまう。

『代わりを頼むか？』

「そうだな」

目の前のワインは飲んでいないけど、飲み直しだ。

通りかかったウェイトレスに声をかけて、新しいワインを頼む。

「まったく口にしていないですけど、下げてよろしいのですか？」

「ああ、これは相席した人のものだから」

「かしこまりました。すぐにお持ちしますね」

少なくとも父さんがゾディアックナイツで、天啓という神との契約に縛られていることはわかった。

それだけでもライブラという男と話した甲斐《かい》があった。

彼も父さんと同じように、彼の地への扉の影響でこの世に蘇ったのだろうか。

そして、残りの十一人のゾディアックナイツたちも同様なのか。

こうやって過去の強者《つわもの》たちが現れてくるのかもしれない。

しかしこれ以上の混乱は避けなければ……。

何があっても彼の地への扉だけは閉じる。これだけは、変わることはない。

ウェイトレスさんに出されたワインを飲もうとグラスに手を伸ばす。

すると、それを奪う者がいた。誰かと思ったら、エリスだった。

「やあ、美味しそうなワインだね。いただいちゃおう！」

ゴクゴクと飲み干していくエリス。

上機嫌で空になったグラスをテーブルに置いてニッコリと笑う。

「変な気配を感じて、急いで来てみたけど。もういなくなった後みたいだね」

「ああ……」

「ここは賑やかすぎるし。気分的に夜風に当たりたいな。外に出ようか」

「わかったよ」

結局、お酒は一滴も飲めないまま、俺は酒場を出ていった。

街の小高い丘へ続く坂道を歩く。エリスはすっかり昼間の酒が抜けているようで、足取りも軽い。

「迎え酒はいいね。さっぱりだよ」

「酒飲みの言葉だな」

「お酒はいいよね。嫌な思い出も忘れられるし」

「どうしたんだ？　らしくないな」

いつもより大人しめの彼女。グイグイ来る感じが鳴りを潜め、なんというかしおらしい。

エリスは俺の横に来て、抱きついてきた。

「おいっ」

「えへへへ。いいじゃん、これくらい。日中は気を使っていたんだから」

「はぁ～」

「ため息は禁止！　ボクはこの国の女王様だよ。敬意を払う！」

「本当にどうしたんだ？」

歩いていった先は見晴らしの良い場所だった。テトラの街並みが一望できる。

上を向けば星空。下を向けば、街に灯る明かりがもう一つの星々のように見えた。

「どうきれいでしょ」

「大したものだな。こんな場所があったなんて知らなかった」

「あっ、そこはエリスの方が綺麗だよって言うところだよ」

「ごめん、ごめん」

「軽い！　もう……これだからフェイトは……」

しばらく二人で見渡す。こういった時間も悪くないな。

お酒を飲むよりも、気が紛れていい。

エリスはゆっくりと口を開いた。

「ゾディアックナイツに会ったみたいだね。しかも、ライブラに」

「蘇った父さんを探しに来たみたいだ。他の者にもここで会う予定だったって言っていた。本当かどうかまではわからない」

「そっか……フェイトのお父さんの話を聞いてね。顔に現れた赤い入れ墨……その話から、もしかしたらって思っていたの」

彼女は震えているように見えた。下唇を少しだけ噛んで、何かをこらえているようだった。

「今度こそ、ボクの力であいつをあの世に送ってやらないと。フェイト、ボクを助けてくれる？」

「エリス……」

彼女は自分に言い聞かせるように呟いた。この様子から、わかってしまう。

今日会ったライブラというゾディアックナイツ。彼とエリスは、過去に何らかの因縁があるのだ。途方もなく長く生きるということは、良いことばかりではない。それだけ、多くのしがらみが生まれてくるのかもしれない。

第4話　テトラの夜景

エリスは言った。ゾディアックナイツの一人、ライブラの二つ名は調律者《ちょうりつしゃ》と呼ばれているると。

神に仕える騎士でありながら、それに反するような行いもためらいなくしてしまう男だという。

エリスの推測では、ライブラの天啓は「世界の理《ことわり》を乱す者の排除」らしい。そのためなら、悪魔と契約してでも目的を達成する。

それを聞いて俺が真っ先に思ったことは、彼にとって大罪スキル保持者は敵だということだ。世界の理から外れたスキルを持つ俺たちを彼が許すはずがないからだ。

彼女にその考えを伝えたら、笑われてしまった。

それよりも、もっと重要なことが今起こりつつあると……。彼の地への扉の方がライブラにとって優先順位が高い。

あの存在自体が、世界の理すべてを崩壊させる力があるらしい。現に死んだ者たちが蘇っていることからもわかる。

彼の地への扉が解決するまでは、彼を利用すればいいとエリスは言う。その後はボクが彼を殺す、とも言っていた。

エリスはライブラと因縁浅からぬ仲であるらしい。彼の名を口にした表情からも、殺したいほど憎んでいることは明白だった。

しかし、彼女の口から聞けたのはそこまでで、過去にライブラからどのような仕打ちを受けたのかは教えてくれなかった。

おそらく、言いたくないようなことをされてしまったのだろう。俺にわかるのはそれくらいだった。

しばしの間、高台で一緒に夜景を眺めていた。

「ごめんね……フェイト」

「謝る必要なんてないさ。何でもかんでも知りたいなんてこと、俺には言えないから」

「あはは、そうだったね。ロキシーに秘密ばかりだった君だものね。体のことは彼女に言ったのかい？」

「まだ……言えていない。でも、入れ替わってしまったときにバレてしまったと思う」

でも、ロキシーはそのことについて俺に訊いてこなかった。

「彼女らしいね。そういった気遣いができる子が側にいることを君は感謝するべきだよ」

「言われなくたっていつでも、そう思っている」

「なら、ちゃんと気持ちに応えてあげないとね。時間がないと言うなら、尚更ね」

「……それは」

「いくら君でもわかっているはずだろ。ロキシーは聖騎士であることを捨ててまで、フェイトの力になろうとしている。なぜ、なんてことはもう言わせないよ」

遠い目をしながらエリスは俺に気づかせてくれる。

その目線の先は夜景でもなく、ずっと遠くにある何かを見つめているようだった。

俺は夜空を見上げながら、ロキシーのことを思う。

ガリアでのこと……髑髏《どくろ》マスクで顔を隠して、ロキシーを守ると言って戦ったりした。

その過程で緑の渓谷《けいこく》を訪れた際に、地面が崩落して二人っきりになって、いろいろと話をしたのを覚えている。あのとき、彼女は俺のことを心配してくれていた。

髑髏マスクで認識阻害をされていたにもかかわらず彼女は言ったのだ。仕草がフェイトによく似ていると。

それを聞いたときには、流石《さすが》にドキッとしたものだ。

今となっては、それも笑い話だ。これはロキシーが事あるごとに俺に話すことだった。

この話になると、俺はどこか穴があったら入りたくなってしまう。

王都に戻ってきてからもそうだ。

ラーファル・ブレリックとの戦いで傷ついた俺を受け止めてくれたのもロキシーだった。

間違いなんてものは人である以上、どうしても犯してしまう。そのことばかりに囚われていてはいけない。その痛みを糧《かて》にして、前に進んでいかなければならない。

ロキシーは多くの部下をガリアの地で失っていた。喪に服すことは大事だが、悔やみ続けてしまったら、残された部下を指揮していくことはできない。

然《しか》るべき立場の者なら、それ相応の責任がある。俺は彼女の姿勢を見て教えられたのだ。

俺は未熟だった。ロキシーだって、俺の知らないところで、たくさん傷ついている。その上で、彼女は俺を気遣ってくれていた。

今の俺があるのは、間違いなく彼女のおかげだ。

もちろん、エリスやマイン、アーロン、そしてメミルたちの力もある。

だが、その中で俺にとって一番の人といえば、やはりロキシーだった。

俺だって、そこまで鈍感ではない。ここまでくれば、いつもグリードにバカにされる俺でもわかる。

彼女が向けてくる温かさは、特別なものだと。

使用人だった頃や、ただの武人だった頃は、彼女とは立ち場が違い過ぎて、考えることすらおこがましいと思っていた。

だけど、「おかえりなさい」という言葉と共に抱きしめられたときに、彼女への思いが堰《せき》を切ったように溢れ出してしまった。

俺はエリスの横顔を見ながら言う。

「俺は彼女を愛している」

すると、エリスは俺の方を向いて、ニッコリと笑った。

「やっと言えたね。だけど、ボクではなくロキシーに言ってね。まあ、さっきのはボクを使った練習ということにしてあげよう！」

「偉そうに……」

「アハハハッ！　実際のところ、ボクは女王様だからね。万が一、ロキシーに告白して大失敗したときには、ボクが慰《なぐさ》めてあげるよ」

そう言いながら、エリスは魅了の力を全開にしてきた。

得も言われぬ感覚――彼女から目が離せないような気分がこみ上げてくる。

「おいっ、こんな時になんて力を使うんだっ！」

「ええっ、いいじゃん。君の覚悟が本当か、確かめてあげたんだよ。あんなことを言っておいて、ボクに魅了されるくらいなら失格だね。大人しくボクのものになっていればいいんだよ」

「なんて……無茶苦茶な」

「ボクは女王様だから。こう見えて、わがままなんだよ」

「まったく、困った女王様だ」

そしてまたしばらく、二人でテトラの夜景を眺めていた。

夜は少しだけ肌寒い。春はすぐそこまでやってきているというのに。

「そろそろ宿に戻ろう」

「……」

彼女は返事をすることなく、首を横に振るだけだった。

このまま一緒にいてもいいが、どこかエリスは一人にしてほしそうだった。

おそらく彼女だけで考えたいことがあるのだろう。

ゾディアックナイツであるライブラのことかもしれない。

そんなことを考えながら、俺は宿屋へ先に帰ることにした。

エリスを置いて丘を下りていく。グリードがそんな俺に《読心》スキルを介して言ってくる。

『一人にしてよかったのか？』

「あのままいても、段々と気まずくなりそうだったからさ」

『ハハハッ、さすがのお前も気が使えるようになったか。成長したというわけか』

「その上から目線はやめろ！」

散々、俺のことを笑ったグリードは、嘘みたいに静かに話し始める。

『父親と戦うんだな』

「ああ……父さんはゾディアックナイツと呼ばれる組織に属していたみたいだ。グリードは知っていたんだろう？」

『そうだと言ったら？』

「お前らしいと思うだけさ。グリードはいつだって秘密だらけだからな」

『わかっているじゃないか。それに俺様が一々言わなくとも、フェイトはここまで来た。そのことは胸を張れ』

それでも、グリードの力もあったからこそ、ここまで来られたのは確かだ。

秘密だらけのやつだけど、ここぞというときには、ちゃんと教えてくれる。

そして、俺たち親子の問題でもある。

父さんは追ってくるなと言った。だが、俺はもう子供ではない。

「自分のことは自分で決めるさ」

『そうだったな。なら、ハウゼンへ行くだけだな。あと鍛錬を忘れるなよ。痛い目にあったばかりだから、よくわかっていると思うが』

「絶対凍結……この攻撃をなんとかしないとな」

第四位階の魔杖《まじょう》をもっと使いこなせるようにならないといけない。

少なくとも、父さんの凍結に押し負けない黒炎が必要だ。

あの攻撃をされてしまうと、分厚い氷壁に阻《はば》まれてしまって手も足も出ないからだ。

「今日も頼むぞ」

『やる気じゃないか！　ルナにも声をかけておいた方がいいようだな。あいつも最近は力が入っているからな』

ルナは姉であるマインに伝えたいことがあるらしい。

そのためにも、グリードが言ったように、彼女も積極的に力を貸してくれているのだ。

戦ってみてわかる。ルナは相当な手練《てだれ》だ。

それと同時に、彼女は……戦いが嫌いなんだと感じる。

それは恐れかもしれない。

俺も似たものを持っているから。戦っていると、どこかで同じものを重ねてしまう。暴食スキルを持っている以上、終わりのない戦いが続いていく。

そこから降りるためには、おそらく死ぬしかない。

「ルナは最近、よくいろいろと話してくれるようになったんだよな」

『元々、あいつはお喋りだ。やっと本調子になってきたというわけさ』

「グリードとは話さないよな。なんでなんだ？」

『そ、それはいろいろとあるんだよ！』

「ふ～ん……」

なんだろうか……この狼狽《うろた》えっぷりは⁉

いつもの傍若無人《ぼうじゃくぶじん》なグリードらしくないな。思い返してみれば、精神世界のグリードは、ルナからいつも距離をとっていたような。

これはどういったことだろう。

気になるぞ！

「なあ、教えてくれよ」

『知らん。何でもかんでも訊くんじゃない！』

「急に様子がおかしいぞ、グリード」

『俺様は知らんぞ。何も知らん！』

頑《かたく》なだった。しかも、やけに慌てているような感じだ。

珍しいな……こんなグリードは本当に見たことがないぞ。

いいさ。こんな状態の彼は一切口を開かないだろう。

「なら、ルナに訊いてみるから」

『おいっ！　待て待て！』

「言ったろ、彼女は最近よく俺と話をしてくれるんだって。頼めば、きっと教えてくれるはずさ」

二人の関係については、当人たちから聞くしかないのだ。

これぱかりはどうしようもない。

「よしっ、決まりだな」

『よしっ、あっちでフェイトを始末するしかないか』

「おい!!」

まったく、とんでもないことを言うやつだ。

人通りが少なくなり始めた大通りを歩いていく。

もう時間は深夜を過ぎていた。

それでも宿の明かりはしっかりと点いており、外出していた俺を迎え入れてくれる。

ここは武人たちが利用する宿だ。ナイトハントする者がいるため、一日中対応ができるようにしてあるらしい。

だからこそ、この便利な宿を選んだのもある。あとはベッドが柔らかくて、よく眠れることだろう。

これは女性陣のこだわりであった。

暗い部屋にランプの火を灯す。

程よい明るさだ。炎の揺らぎがいい感じに眠気を誘ってくる。

欠伸《あくび》をしながら、黒剣を近くの壁に立てかける。風呂は明日の朝にでも入ろう。眠気を我慢できずにベッドに潜り込んだ。

「ん？」

なんだろうか……柔らかい感触を感じるぞ。これはベッドではない。

「あぁぁっ……」

聞こえてくる変な声⁉　まさか、これは⁉

すっかり忘れていたことを思い出した。

「どこをさわっているんですかっ！」

飛び出してきたのは案の定、メミルだった。

頬を上気させて抗議してくる。どうやら、方法には問題があるけど、ずっと待っていてくれたようだ。

「そんなところに隠れているからだろう」

「だって、待てども待てども、帰ってこないから……眠たくなってしまったんです」

「自分の部屋で寝てればよかったのに」

「わかっているくせに、それを言っちゃうんですね！」

どうやら、メミルは限界のようだ。

つまり、俺の血が吸いたくて吸いたくてしかたないといったところか。

瞳は鮮血のように赤く光っている。こうなった彼女は、渇きに飢えた猛獣みたいなものだ。

「早く……早く……もう我慢できないです！」

「わかったから、落ち着けって！　深夜だぞ」

「深夜まで待ったんです！　では、いただきます！」

「待ってくれって。ぐはっ！」

問答無用で俺に飛びかかってくる。あまりの勢いにベッドに押したおされてしまった。

そのまま、流れるように首へ噛み付いてきた。

このときばかりは、メミルらしい嗜虐《しぎゃく》を帯びた顔を見せる。

「おいっ、落ち着けって……」

疲れもあってか、意識が遠のきそうになってしまう。

メミルは一旦首から離れて、ニッコリと笑う。

口の周りには、俺の血がベッタリと付いていた。

「あとは私がすべてやっておきますから、ごゆるりとお休みください」

小さな口を開ける。ランプの明かりで鋭い犬歯が怪しげに輝いていた。

それをまた俺の首に突き立てた。もう痛みを感じることもなく、今度こそ意識は遠のいていった。

第5話　精神世界のルナ

帰りたくても帰れない場所。そんな世界があるとしたら、ここと似ているのかもしれない。

見渡す限り永遠に真っ白な空間が、どこまでも広がっている。

歩き続けても、何もかもが同じで、進んでいる感覚さえ奪われてしまうだろう。

そんな場所に俺はポツンとただ一人でいる。

それでも毎日のように来ている俺としては、この精神世界にもかなり慣れてきたと思う。

「遅いな……グリードとルナ」

いつもなら、俺がここへ来る前にグリードが待ち構えているのが常だ。

それなのに今日はどこにもいない。

精神世界は、ルナが作ってくれたものだ。

この下には暴食スキルの世界がある。

喰らった魂が怨嗟《えんさ》の声を上げながら救いを求めている場所だ。

ガリアで暴食スキルが制御不能に陥りそうになったとき、俺はルナによって作られたこの世界に助けられた。

それ以降も精神世界が蓋《ふた》となって、俺の暴食スキルの影響を緩和してくれている。

それにしても、どうしたのだろうか。待ちくたびれてしまって、俺は真っ白な地面に寝転んだ。

ここへ来るために現実世界の俺はぐっすりと寝ている。

もし、この精神世界で目を瞑《つぶ》って寝たらどうなるのだろうか？

気になる！

試しに目を瞑っていると、よく知った声が頭の上から聞こえてきた。

どこか幼さを残した甘い声は……。

「やあ、ルナ！　待っていたよ」

「まったく……こっちでも寝ようとする人を初めて見たわ。それとレディーを下から覗き込むとは、なかなかやるわね」

「あっ、そういう意図はないから」

慌てて起き上がる。彼女はそう言いながらも、俺に一歩一歩近づいてきていたからだ。

見せたいのだろうかと勘違いしてしまいそうな行動だ。

「起きたわね。あのまま近づく私を見続けていたら、踏んづけてやろうと思っていたのに残念」

「それもいいかもな」

また寝転ぼうとする俺に、彼女は目を細めた。

「ええっ、キモいんですけど」

「アハハハッ、冗談だよ」

「もうっ」

初めて会った頃にはぎこちなかった関係も、今ではこうやって他愛もない会話もできるようになった。

ルナには感謝している。それと同時に、後ろめたい気持ちもある。

俺はハニエルと同化した彼女ごと、その魂を喰らってしまったからだ。

ルナはこの精神世界を作り出していても、暴食スキルの牢獄《ろうごく》からは永久に解放されることはない。

ハニエルのコアとして取り込まれて、信じられないほどの長い年月を過ごした。

その後に今の状態だ。

これで救われたとは、俺には到底考えられない。

だけど、彼女は「ありがとう」と言った。ここでは少なくとも自分でいられることが嬉しいと……。

俺はそれを聞いて、やるせない気持ちになった。

世の中は、うまくいかないことばかりだな。ずっとずっと大昔には神様がいて、救いのある世界だったらしいというのにさ。

これは父さんの受け売りだ。かつては俺も信仰していたラプラス神が世界の平安を守っていた頃の話だ。

誰もが平等に生きていた時代、そこにはスキルはなくステータスもなく、そして魔物も存在しなかった。嘘みたいなおとぎ話だった。

神様の庇護《ひご》のもとで永劫の幸福は続くと思われた。だが、神様はこの世界からいなくなり、代わりにスキルやステータスを残して……魔物という試練を与えた。

幼い頃に聞かされたことを思い出してしまう。父さんが死んでから信仰など捨ててしまったはずなのにさ。

ルナは首を傾げながら、俺を見ていた。

「どうしたの？　難しい顔して……あっ、私の下着をどうやって見ようかと、やっぱり考えているんでしょ」

「違うよ！」

「どうだかな。最近のあなたは、いろいろな女の子とあれやこれやだものね」

「おいっ、やましいことは何もないぞ」

「そうかな？　私はフェイトを通してずっと見ていたからね。誰よりもあなたのことをわかっていると思うの」

「俺のプライバシーとは一体……」

「大丈夫、大丈夫！　こう見えて私って口が堅いし」

初めて会ったときには、どこか物静かな人だと思っていた。

しかし、ここにいる彼女にはあの頃のような姿はどこにもない。よく喋り、よく笑う、活発な人だ。

この精神世界を通して、ルナは俺の行動を見ることができる。

だから、俺の父さんのことや、ゾディアックナイツのライブラのことなども知っている。

テトラの丘でエリスと話した内容も、もちろん把握しているはずだ。

案の定、ルナはニッコリと微笑みながら、俺の反応を楽しんでいた。

「私としては、ロキシーとうまくいってほしいと思っているの。決めたんでしょ、なら早く伝えた方が良いと思うの」

「……そうだな」

「まあ、君が心のどこかで留まっているのは、暴食スキルのせいだとはよくわかっているわ。でもロキシーが君にとってかけがえのない人なら、もう決まりだね」

ルナはその先で止めてしまう。

わかりきっていることなので、あえて言わないということだろう。

暴食スキルが俺のもっとも大事な人を贄《にえ》として求めている。

これはスキルが持っている習性だった。

考えたくもないが、もしそうなってしまった先はルナも知らないという。

なぜなら前の暴食スキル保持者は、それをさせなかったからだ。

「それでも君は一緒にいたいと願い、彼女は応えたから、もう進むしかない。だけど暴走したら、側にいるロキシーが危険だということも忘れてはいけないわ」

「忠告を肝に銘じるよ。うん……ちゃんと、伝えるよ」

「期待しているわね」

ルナは満足そうに頷く。

でもすぐに首を傾げながら言うのだ。

「話は戻るけど……やっぱり最近のフェイトはたるんでいるわ」

「ええっと、どこらへんが……」

彼女の言いたいことはわかっている。バツの悪さがあって、そのような返事になってしまう。

ずっと見ていたのだ。ならルナは現実世界の俺がどのような状況になっているかを知っている。

「アハハハッ、わかっているくせに！　フェイトってすぐに顔に出てしまうよね。とても困った顔をしているよ」

「何も言えないです」

「うむ、うむ。ならね、今のフェイトの状況……ベッドで寝ている様子を見てみようか」

「で、できる……の？」

「当たり前よ。さあ、どうなっているのかな？」

いつもしているという要領で、指を鳴らすルナ。

すると、俺たちの前に四角形をした映像が現れた。そこは天井だった。

どうやら、俺視点のようだ。まあ、ルナは俺を通して見ていると言っていたから、当然だろう。

俺はベッドで仰向けで寝ている。こう見えて寝相は良い方で、起きたら枕が足元になっているということはない。

スヤスヤと寝息を立てている俺。別に変わったことはない。

「なんだ……びっくりさせて、ただ寝ているだけじゃないか。こんなのを見ても面白くないから、これくらいに……」

メミルにベッドの上で血を吸われたところまでは記憶がある。その先は失血と疲労によって、夢の世界へ……というか、ここへ来た。

実は、メミルに血を吸われてから、どうなっているのかは俺も知らないのだ。

理想では、満足した彼女が自分の部屋に戻ってくれるのがいいけど……。

最近は朝になって目が覚めると、同じベッドの上でメミルも寝ている場合が多い。

注意しても、血を飲むと抗いがたい眠気に襲われて、動けなくなってしまうと言われてしまうし。なし崩し的にこうなってしまっていた。

でも、今のところ……メミルの姿はないな。ホッと胸を撫でおろしていると、

「あっ、見てみて！　メミルちゃんがいたわ」

「えっ!?」

ごそごそと布が擦《こす》れる音がした後、掛け布団の下からひょっこりとメミルが顔を出した。

「ふぅ〜、またお腹が空きましたね。フェイト様！　起きてますか？　どうやらしっかりと寝ているようですね。ではいただきます！」

一人芝居をした後、彼女は俺の首に噛み付いた。

そして、血を啜《すす》り始める。

知らなかった……まさか、夜通し俺の血を飲んでいたとは……。

どうりで朝起きたら、貧血でクラクラになっているはずだ。

「飲み過ぎだ！」

「まあまあ、落ち着いてフェイト。これくらい大したことないわ」

「……ま、まだあるの？」

「うん」

ルナは、もう起きるしかないと決意する俺を羽交い締めにして、笑顔一杯で答える。

嫌な予感しかしないぞ！

そんな風に俺たちが見守る中、メミルが大満足の顔をしていた。

「ふぅ〜、飲みました。これ以上は失血死してしまうかもしれませんし、我慢です！　さてさて！」

またもや、ごそごそと動き出して、俺の視界から消えていった。どこへ行ったんだ!?

下の方へ下がっていったのはわかるんだけど……。

「気になって仕方ないって！」

「まあまあ、落ち着いてフェイト！　大丈夫、彼女を信じてあげて」

だが、ルナの言う通りだった。

しばらくして映像からは見えないところで、メミルの泣き声が聞こえてきた。押し殺しているのだろうか、くぐもった声だった。

俺はただそれを聞くことしかできなかった。

時折、「お兄様、なんで……」という声も聞こえてくる。おそらく、ラーファルやハドのことだろう。

日頃のメミルと違った弱々しい一面を垣間見てしまった。口では過ぎ去ったことだと言っていたが、本当は強がりだったのだろう。

肉親に裏切られてしまった心の傷は、今も癒えずにふとしたときに顔を出してしまうのかもしれない。

俺はその様子を見ながら、ルナに礼を言う。

「メミルにもう少し優しく接するようにするよ。教えてくれて、ありがとう」

「どういたしまして。ちょっと見ていられなかったからね。たまに思い出して泣いちゃうみたい」

「知らなかったよ……」

「でもね。調子が良いときは、フェイトにイタズラしているみたいだから、そこは注意した方が良いかもね」

「えっ⁉　仕方ないメミルだな。これはお仕置きが必要かもな」

何をされているかはわからないけど、他愛もないことだろう。ルナが笑いながら言っていることからも予想できる。

これ以上、メミルの泣いているところを見るのはしのびない。映像から目を離して、ルナと向き合う。

そろそろ本題に入りたかった。ここから先は、ルナでないとわからない。

ルナも俺の様子から、これから訊くおよそのことはわかったようだ。指を鳴らして、現実世界の映像を消した。

いつでもどうぞ、と言わんばかりの顔で俺を見つめ返してくる。ならば訊こう。

俺はゆっくりと息を吸い込んだ後、

「マインはなぜ、彼の地への扉を目指しているんだ。ハウゼンに着くまでには知っておきたい」

「そうね。今も昔も姉さんが変わっていないのなら、目的は唯一つ」

ルナはどこまでも続く真っ白な世界を見つめながら、話し始めた。

俺はそれを聞いて、やるせない気持ちになり、そしてマインを止めなければいけないって決意したんだ。

第6話　ロキシーの宣言

「フェイ！　フェイ!!」

名を呼ばれて、目を開ければ少しだけ頬を膨《ふく》らませているロキシーが！

すでに旅の準備は万端といった感じだ。新しく新調した白い旅服を着て、腰には帯剣をしている。これから、すぐにでも次の街へ旅立っても問題ない格好だった。

それに比べて俺は、寝間着姿でベッドの上にいる。

「ごめん。寝坊したみたいだね」

「それはいいのです。時間的には予定よりも少し遅れている程度ですから。ですが！　これはどういうことですか？」

「えっ……」

ロキシーは俺のちょっと下の両脇を交互に指差す。

その先を見ると……。

「うわっ、なんで！」

メミルはたまに血を吸って、そのまま寝ていることがある。もう……これは諦めているのだが、まさかもう一人いるとは思ってもみなかった。

瑞々しい青色の髪をした女性……思い当たる人は一人しかいない。

「エリス‼」

俺はまさか過ぎる相手がいたことに驚いて、毛布を取ると……。

「えっ……」

彼女は何を考えているのか、理解不能な格好をしていた。

衣服を一枚も着ていない。下着すら着けてなかった。つまり生まれたままの姿だった。

すぐさまロキシーが俺の両目を手で塞いで視界を奪う。

「どういうことですか！　フェイ」

「いや……なにがどうなっているのか。俺もわからないんだって」

俺とロキシーが騒いでいると、その音でメミルがゆっくりと目を覚ました。よほど熟睡していたらしく、口から垂れてしまった涎《よだれ》を啜る音が聞こえてきた。

「ふにゃ……うるさいですね……どうしたのですか？」

「どうしたも、こうしたもないだろう⁉　メミルもそろそろ自分の部屋で寝るようにしてく

れよ。俺が大変なことになってしまうから！」

「あらら、私も昨日は疲れていたようで　フェイト様の血をいただいた後、眠たくなってしまったのでベッドをお借りしました。すみません。でも、兄妹なので問題ないですね」

「問題あります！」

ロキシーがすかさず、メミルを叱《しか》っていた。だけど、彼女はそれを聞く様子はまったくない。

「あら、これはロキシー様！　おはようございます。朝からフェイト様と仲がよいですね。目隠しをしてどうされたのですか？」

「これは……そこにいるエリス様が、あられもない姿で寝ているからです」

「エリス様？　ん？　……えええええっ、フェイト様！　どういうことですか！　私が寝ている横で、一体何をしていたのですか？　詳しくじっくりと聞かせてください」

ロキシーに目隠しをされて、さらにはメミルに胸ぐらを掴まれてグイグイと引っ張られるという大変さ。

寝起きから勘弁してください！

俺は一切やましいことはしていないと言い切れるぞ。

なぜ、裸のエリスが隣で寝ているのかを俺も訊きたい！

「俺にもわからないんだって。エリス！　起きてくれ、エリス!!」

何度も名前を叫んでいると、当人がやっと目を覚ましてくれたようだ。

視界が奪われているため見えないけど、俺にベタベタと触れてきていることだけは伝わってくる。

「おはよう……朝からどうしたのかな。騒がしいな」

「主な原因はお前だ。なんでここで寝ているんだよ。しかも裸で！」

「あら？　自分の部屋で寝ようと思ったら、間違えて君の部屋で寝てしまったみたいだね。ごめんね。それにボクは寝るときは基本的に裸なんだよね。ほら季節が暖かくなったからね。知ってた？」

「知らないよっ！」

「えっ、そうなんだ。でも、今日知っちゃったね」

滅茶苦茶嬉しそうに言いながら、俺に抱きついてくるエリス。姿はロキシーの目隠しによって見えないけど、ものすごい柔らかな感触だけは伝わってくる。

「じゃあ、おやすみ！」

「寝るな！　どうにかしてくれ！」

手を当てているロキシーに力がこもっていくのを感じるし。メミルは腕に噛み付いているようだった。

王都の屋敷にいた頃、当たり前だった爽《さわ》やかな朝の目覚めは、どこかに行ってしまった。それとは正反対の騒がしい目覚めだった。メイドのサテラに起こされていた頃が懐かしい。

それに合わせて、俺は今まで一人旅か、マインとの二人旅だった。女性三人との旅は未経験の俺にとって、難度が高すぎるのかもしれない。

毎朝がこのような感じだと、本当に体が持たないぞ。

なんとかエリスに俺に非がないことを説明してもらう。

やっとのことでロキシーとメミルの誤解を解くことに漕ぎ着けた。

「エリス様、いくらなんでもフェイと一緒にそのような姿で寝るのはいけません」

「えっ！　ダメェ？」

「当たり前です！」

「なら、今度から服を着るよ。これで解決だね」

「ダメです。エリス様の部屋で寝てください！」

「えええ～、こう見えてボクはさみしがり屋だし。ほらフェイトだって嬉しそうだったよ」

「フェイ、そうなのですか？」

おいっ！　俺に矛先を向けるのはやめてくれよ。

必死になって首を振る俺を見て、ロキシーは頷きながら言う。

「これから大事なことが待っているというのに、不謹慎です。エリス様は自室で今後寝てください」

「え～」

「メミルもですよ。いくら体質のせいで、フェイの血を摂取しないといけないからといって、一緒に寝ることはありません」

「ええ～」

ロキシーの意見に、二人共不服そうな声を上げる。

俺的には、この話をする前にエリスに早く服を着てほしかった。そうしてくれないと、ずっと目隠しされたままだからだ。

だが、俺よりも先にエリスがロキシーに言ってくる。

「ロキシーはいつもフェイトといるから、ちょっとくらいいいと思うけどな？」

「それは……」

「昨日だって、彼の故郷へ一緒に行ったし」

「そうです、そうです」

エリスの言葉にメミルも同調して、ロキシーに迫っていく。

しかし、彼女は声を一段と大きくしながら退ける。

「それでもダメです！　メミルはエリス様のお世話係でしょ。早く服を着ていただくようにしないと！　さあ、エリス様も」

どうやら、エリスとメミルは日頃怒ることのないロキシーに睨まれてしまったようで、退散するように部屋を出ていった。

このような状況になったときに頼れるのは彼女だけだな。未だに目隠しされながら、頷いていると、

「フェイも、隙だらけだからいけないんです。もうっ、私をあまり困らせるようなことをしないでくださいね」

「申し訳ないです」

あの二人の行動が破天荒過ぎて、まったく読めない。

どんなに気をつけていても、向こうからあの手この手で来られたら、躱しようがないのが本音だったりする。

特に寝込みはキツイ。精神世界でルナやグリードと話したり、鍛錬しているためにちょっとやそっとでは起きられないからだ。

やっと目隠しから解放された俺に、ロキシーがニヤリと得意げな笑みを見せる。彼女の側にいたから、この表情になったときは、あまり良いことを考えていないとわかってしまう。

こうなったロキシーは、あの二人と似たようなものなのだ。内心でビクビクしていると、彼女はより一層微笑む。

「こうなってしまっては、次からはフェイと相部屋になるしかないですね」

「へっ？」

「なんですか！　その気のない返事は？」

彼女は顔を近づけてきて、眉をひそめてくる。

俺としてはありがたく、嬉しい申し出なのだが……。

「なんだか……緊張しそうで」

「そ、それは、私も同じですが。このまま見過ごしておくわけにはいかないのです！　このままではことあるごとに、メミルとエリス様がフェイの部屋に押しかけるのが目に見えています」

「たしかにな。毎日がこれだと正直キツイ」

「うんうん、私が見張っておきましょう」

得意げな顔をするロキシーの顔はほんのり赤く染まっていた。おそらく、俺も似たようなものだろう。

なし崩し的という感じで、今後はロキシーと相部屋になってしまった。いいのだろうか、なんて考えるのはもう遅い。

そんなことを思っていると、また夢の先――精神世界でルナにお小言をいただいてしまう。

俺としても、ロキシーとの相部屋は夢のような話だ。

「お願いするよ」

「よろしい、では今日の夜からですね」

ロキシーは未だにベッドの上にいる俺に手を差し伸べた。その手を握って、ベッドから下りる。

「じゃあ、着替えるよ。ロキシーは朝食を食べたの？」

「いいえ、皆さんが起きるのを待っていました。着替えたら、食堂へ来てくださいね」

そう言って、ロキシーは俺に笑顔を向けた後、部屋を出ていった。

俺一人になった途端、静まり返った部屋。

これ以上彼女に朝食を待たせるのは申し訳ないので、手早く着替えをすませる。

立て掛けていた黒剣を手にとって、準備完了！

部屋を出ていこうとする俺に、グリードが《読心》スキルを介して話しかけてくる。

『朝からお盛んだな』

「おいっ、なんて言いざまだ。どうせ、昨日の夜からずっと見ていたんだろう」

『まあな、メミルは相変わらずってところか。エリスはおそらくライブラに会って、取り繕《つくろ》ってはいたが、内心ではかなり情緒不安定になっていたからな。ああ見えて、甘えん坊だから怖くなってフェイトと一緒に寝たかったんだろうさ』

「そっか……。ライブラってやつは、エリスにとって因縁浅からぬ相手なんだよな」

『まあ、そういうことだな。珍しく何があったのかは訊かないんだな。ルナにも訊かなかったしな』

「エリスの追い詰められた顔を見ていたら、流石にそれはしたらいけないって思ったからさ」

『ハハハッ、気配りができるようになったじゃないか！　少しは成長できたようだな』

「なんだよ、子供扱いするなよ」

あまりにも馬鹿にするように笑うものだから、今度はグリードのことについて話してやろう。

「ルナが寂しがっていたぞ。今日はグリードが来なかったって」

『ふんっ、俺様にはどうでもいいことだ！』

「本当にそうなのか？」

『あ、当たり前だ』

「言葉に詰まっているぞ」

『俺様は何も言わん』

へそを曲げてしまったらしく、グリードはだんまりを決め込む。

ルナの話になったら、いつも頑なに拒むので、逆に興味が湧いてきてしまう。

グリードについては気配りなど必要もないので、どんどん訊いていきたいところだ。

俺はなにか良い手はないかと考えながら、食堂へ歩いていく。

ロキシーに相談してみるのもありだな。

彼女はグリードにかなり興味を示している。ルナとの関係について話したら、絶対に盛り上がること間違いなしだ。

食事中の話がこれで決定だな。

話題にされて鞘の中でのたうち回るグリードの姿が、今から目に浮かんでしまうぜ。

第7話　一挙手一投足

朝食ではたっぷりとグリードとルナの関係について、ロキシーたちに話して大いに盛り上がった。

エリス曰く、あの二人はただならぬ仲らしい。

「それってどのような仲なのですか？」

「私も知りたいです！」

このようなときばかりは、ロキシーとメミルの息はしっかりと合っており、キラキラした目でエリスから教えてもらおうとしていた。

視線の先にいるエリスは、やけに得意げな顔をしている。

自分のことでもないのによくもまあ……あんな顔ができるものだ。

俺はパンをかじりながら、テーブルの上に置かれた黒剣を眺める。手から離れているため、読心スキルが発動することなく、彼が何を思っているのかはわからない。

いや、グリードとの付き合いの長い俺としては、手に取るようにわかってしまうな。

(フェイト！　覚えていろよ！　この屈辱《くつじょく》……許さんぞ!!)

なんて、言っているに違いない。

次の位階を解放すれば、グリードの失われていた力が取り戻せるらしいので、そのときは読心スキルなしに、俺たちと会話できるようになると言っていた。

そのときは、きっと彼女たちによる一方的な話にはならないだろう。

女性陣対無機物のやり取りも見てみたいので、グリードが自由に話せる日が楽しみだ。

思わず笑っていると、隣のロキシーが笑みをこぼしながら顔を覗き込んできた。

「楽しそうですね」

「こんな賑やかな旅は初めてだからさ」

「たしか……フェイはマインさんと旅をすることが多かったんですよね」

「うん、彼女は必要以上に喋る人ではなかったし、グリードは読心スキルを介さないと話せないし。旅は結構静かだったな」

「私って、まだマインさんとお話しできずじまいなんですよね。ハウゼンに着いたら、できるといいな……」

ロキシーはそう言ってくれるけど、果たして会話ができるのだろうか。

マインの性格をある程度知っている俺としては、少しばかり期待薄である。

なんせ、マインは頑固で強情でお金大好きっ子だからだ。

最後の部分は関係ないけど、他人があれこれ言ったとしても、聞くような人ではない。

途方もない時間を生きてきた彼女にとって、俺のような若輩者の言葉など届かないのかもしれない。だけど……。

「フェイはマインさんに会って、何を話したいですか？」

俺の予感を振り払うようなロキシーの微笑みが、窓から差し込む陽の光と相まってとても眩しかった。それと共に、その言葉の意味からロキシーらしさを感じる。

「なんですか、また笑って！」

彼女は俺に笑われたことが不服だったようで頬を膨らませてみせた。

「いや、ロキシーはすごいなって思っただけさ」

「なっ!?　急になんですか……」

俺の思いを置いて、表情をコロコロと変えるロキシー。それだけでもう十分だった。

彼女の言うように、案外簡単なことなのかもしれない。俺はロキシーから教わったんだ。

武器を手に持って交えることだけが、戦いではないって。

「ありがとう、ロキシー」

「フェイ？」

「マインに会ったときは……そうだな。何を話そうかな。あっ、そうだ！」

「なに、なんですか？」

「えっと……」

本人を前にしては、言いづらい。

そんなことなどお構いなしに、ロキシーは俺に更に身を寄せて訊いてくる。

「教えてくださいよ。ここまで来て秘密はずるいです！」

「……それは」

「それは？」

「マインとも、ロキシーとこうやって話しているような感じになるように、頑張ってみるよ。そうなるためには、どんなことがあってもマインを信じるだけさ」

「フェイ」

「これもロキシーのおかげ。あれだけ遠回りしてきた俺を受け入れてくれたから。……俺もロキシーみたいになれたらいいなと思ってさ」

なんだか照れくさくなってしまって、目線を彼女から外して残ったパンを口に放り込む。

すると、手が俺の頭の上まで伸びてきた。そして、優しく撫で始めるのだった。

「よしよし、よくできました」

「ちょっと⁉」

「私の方がお姉さんですからね。年下のフェイの成長を褒めてあげないとです」

「恥ずかしいんだけど……」

「私は気にしないので大丈夫です」

「そう言われても、視線が……」

うん、そうなのだ。

ずっと、テーブルの反対側に座っている二人からの視線が一段と鋭くなっている感じだ。

グリードとルナの関係の話だったのに、いつの間にか二人だけ違う話を始めてしまっていた。

得意げに話していたエリスが、自分の首元にナイフを当てながら不敵な笑みをこぼしているし、メミルは瞳の光を失ったような感じで、何も言わず俺を見続けている。

ロキシーもそれに気がついて、さっと俺から手を引いて俯いてしまう。

「ううぅ……」

段々と顔を赤くしていく彼女を見ていたら、俺まで照れてしまう。

エリスはそんな俺たちに手に持っていたナイフを向けて言う。

「朝から見せつけてくれるね。もしかして、ボクたちがフェイトと一緒に寝ていたことが関係しているのかな？」

「そのようなことはないです！」

「ふ～ん、どうだろうな。メミルはどう思う？」

「はい、当てつけですね」

「メミル！　それは言いすぎですって。違いますって！」

「それはどうだろうね」

「エリス様……意地悪です。うううぅぅ」

相手は二人だから、ロキシーには分が悪いようだった。

俺から助け船を出したいところだけど、火に油を注ぎかねないので、見守るしかなかった。

その状況にロキシーがちらりと恨めしそうな目線を送ってきた。俺には微笑み返すくらいしかできなかった。

だって、俺はロキシーと一緒に旅をすることだけで、いっぱいいっぱいだからさ。

自由奔放な二人をどうにかするほどの力はまだなさそうだ。

それに、エリスとメミルはあのままでいいとも思っている。

ということで、俺は一歩退いて様子見を決め込むのだった。

「フェイからもなにか言ってください」

「……うん」

「うんじゃないですって」

「おう」

「コラッ」

結局、対応を誤ってしまったようだ。ロキシーから叱られてしまう俺だった。

騒がしい朝食を終えた俺たちは、泊まっていた宿屋を出ていく。

腰に下げた黒剣からは、読心スキルを介して文句をたくさん頂戴することになった。

『フェイト、よくもやってくれたな』

「いいじゃないか。だって、教えてくれないグリードが悪い。だから、テーブルの上に置いてみんなで話し合うしかない」

『見世物の間違いだろう。エリスのやつ……ここぞとばかりに俺様をバカにしやがって』

「生き生きとしていたな。昨日、ライブラに会ってから様子がおかしかったから心配していたんだ。グリードの恋愛事情で元気になってよかった」

『何がよかっただ！　俺様がこうやってしか喋れないことをいいことに好き勝手言いやがって。あいつは昔からそうだ。自分のことになると途端に臆病になるくせに、他人のことになるとずかずかと踏み荒らす』

グリードからエリスに対しての意外な言葉が出てきた。

俺は前を歩く彼女を見ながら、グリードに確認する。

「ええっ、そんなことはないだろう。あのエリスだぞ。今日の朝だって……とんでもない姿で寝ていたくらいだし」

『ハハハッ、フェイトの目は節穴だな。あいつのことを全然わかっていない。白騎士も言っていただろう。エリスはお前の思っているほど、強い女ではないのさ』

「信じられないな……」

『それはお前の、エリスと一緒に過ごした時間がそれほど長くないからだ。思い出してみろ、あいつは何かにつけて、お前の側から離れていただろう』

「たしかにそうだな」

グリードは俺にあれこれとなんでも教えるような性格ではない。だけど、口にした言葉にいつも偽りはなかった。皮肉ばかり言うやつだけど、嘘つきではない。

ならば、エリスには俺の知っていない一面がある。昨日の夜、この街の小高い丘で見せた弱々しい姿が、本来の彼女なのだろうか。

『この旅で、それがわかる。ライブラという男が現れたからには、避けられないだろう。フェイト、お前も大変だな。マインのこと、父親のこと、彼の地への扉……それに加えてエリスか。同時にいけるのか？』

「やるしかないさ」

『おっ、言うじゃないか。少し前まではロキシーのこと……そして自分のことでいっぱいいっぱいだったのにな』

「ロキシーのこともそうだったけどさ。もちろん、俺のことだってさ。すべてを何もかもうまくはできないさ。できるのは最善を尽《つ》くすのみかな」

『体の方はどうだ？』

「ルナのおかげで安定しているよ。メミルにも協力してもらっているし」

『そうか……。フェイト、いざというときのために忠告しておいてやる』

「ん、どうしたんだよ。改まってさ」

『よく覚えておけ。暴食は魂を取り込み、力とするスキルだ。万能ゆえに、何もできなくなってしまうこともある』

「……どういう意味だよ」

『俺様からのお守りだ。もう話は終わりだ。早く行かないと、三人娘どもから叱られるぞ』

グリードに急かされて前を向くと、すでにロキシーたちは魔導バイクの所に集まっていた。

ロキシーがこちらを見て、手を振っている。

駆け寄って、バイクに乗るとロキシーに服の袖を引っ張られた。

なんだか、いつものロキシーらしくなく、少しだけモジモジとしているような。

「あの……お願いがあります」

「どうしたの？」

するとバイクのハンドルを指差しながら、

「私も運転してみてもいいですか？」

「運転？」

「はい！　フェイがすごく楽しそうにしているので、是非してみたくて。でも、フェイはまだ運転したいですよね」

胸元で手を合わせてお願いされては、もう選択肢などない。

「うん、いいよ。ハウゼンまでまだ距離があるから、交代しながら運転しよう」

「いいんですか!?　やった！」

「じゃあ、テトラの外までバイクを移動させるから、そこで乗ってみようか」

「はい！」

ルンルン気分で俺の後ろへ乗ってくるロキシー。

心なしかいつもより抱きつき具合が強めのような気がする。

やはりというか、エリスとメミルの視線が痛いけど、気にしないでおこう。

「エリス、バイクの運転をロキシーにしてもらうことになったから、一旦テトラを出たら広い場所で交代したいんだ。いいかな？」

「うん、了解。なら、ボクたちも交代しようか。メミルにも運転できるようになってもらった方がいいし。やってみるかい、メミル？」

「はい、問題ありません。後ろに乗っていて、ずっと興味があったんですよね」

魔導バイクは大人気のようだ。

大通りの人々を避けながら、テトラの街を出ていく。ロキシーとメミルは、バイクの運転がよほど楽しみのようで、二人してどちらが早く慣れるかを競争しようと言い始めるほどだった。

第8話　嫉妬の銃弾

「やっほーい！　これ、楽しいですね!!」

ノリノリで俺たちの前を走るバイク。

メミルはあっという間に乗りこなしてしまったようだ。

無駄な蛇行《だこう》運転をしながら、時には盛り上がった地面を使ってジャンプまでしている。

それに比べて、ロキシーは……。

「あわわわっ、フェイ！　大変です！」

「落ち着いて！　まずはそこからだよ。うあああぁぁっ!!」

運転が控えめに言っても、下手だった。しかし、まだ初心者。

これから練習していけば、きっとうまくなるはずだ。彼女は運動神経抜群だし、慣れないバイクで感覚を掴めないだけだと思う。

俺としては、バイクよりも馬に乗る方が難しい。それをいとも簡単にこなしているロキシーなら、すぐにメミル並になるはずだ。

「フェイ、フェイ！　前に大岩があります！」

「嘘っ！　落ち着いて、躱すんだ」

「はい」

躱すどころか、近づいているぞ！

吸い寄せられるようにロキシーが運転するバイクは大岩へ接近していく。後ろに乗っている俺は思わず、ハンドルに手を伸ばした。

「あっ……フェイ」

「これで大丈夫。しばらくは一緒に」

「うん……」

いつもの返事と違う声色にドキッとなりつつも、ロキシーの手に重ねながらハンドルを切った。

ぶつかりそうになっていた大岩から逸れて、先を進むメミルたちの後ろへ。

「ふぅ〜、危なかった」

「助かりました。でも、その……」

口籠もってしまうロキシーに、今の状況を察した俺は顔が熱くなっていくのを感じた。

それは彼女に覆いかぶさるように密着していたからだ。体温や心臓の鼓動《こどう》までもが伝わってきてしまうほどだった。

「あっ……ごめん」

「そういうことではないんです。嫌じゃないです……」

物事をはっきりと言う彼女が、しおらしい態度をとるのでドギマギしてしまう。

それでも重ねた手を離すわけにはいかない。彼女はまだ運転ができないのでそのままだ。

何を話していいのかさえ、わからなくなってしまって、お互い無言のまま、しばらくバイクの駆動音を聞いていた。

ふと前を走るメミルたちに視線を向けていると……。

エリスと一緒になって、目を細めてこちらを見ていた。ものすごく何か言いたそうにしている。

「なんだよっ」

たまらずにバイクを並走させて声をかける。

すると、エリスが頬を膨らませながら、黒銃剣を俺に向けたのだ！

「ほう……とりあえず、一発喰らいなよ。暴食スキルが腹を空かせているだろうし」

「おいっ、ちょっと待ってよ！」

「エリス様！　やっちゃってください」

運転しているメミルまで、賛同してそのようなことを言い出した。

二人共本気の目をしている。これはまずい！

「ロキシーっ！　逃げるぞ」

「えっ⁉　どうしたのですか？」

彼女は運転にいっぱいいっぱいで、それどころではなかったようだ。エリスが銃口をこっちに向けていることすら気がついていないようだった。

このままでは……俺はエリスによって撃ち抜かれてしまう。もう指を引き金にかけていつでも発砲できる感じだしな。

「いいから、行くぞ！」

「ちょっと、待ってください。キャアアアアァァ」

緊急事態だ。俺はバイクの性能を信じて、加速していく。そして、目前に迫った崖を迂回することなく、まっすぐに突っ込んだ。

まず、馬ならそのような進路を取らない。だからだろうか、ロキシーは大声を上げたのだ。

「フェイ！」

「よっと」

この魔導バイクには姿勢制御機能が搭載されているから、馬が降りられない急な斜面でも問題なく降りることができる。

「大丈夫、少しだけ運転が大変なだけさ」

「私はまだ初心者なんですよ！　もうっ」

「ごめん、ごめん」

俺は謝りながら、後ろの追手を確認する。ロキシーと同じく運転初心者なメミルには、まだ崖は早いだろう……なんて思っていたが。

「追って来ている⁉　うますぎるだろ」

「フェイト様！　逃がしませんよ」

「準備はいいかな？」

エリスはニヤリと笑って、銃口を俺に向けている。これは撃つ気だ。

やばいぞ！　俺はハンドルから手を離して、黒剣を引き抜いた。

途端に、ロキシーだけでバイクを操作して崖を降りなくてはいけなくなり、悲鳴に似た声が上がる。

「フェイ！　無理、無理です」

「後ろからエリスが狙っているんだ」

「嘘っ⁉」

「本当だよ、ほら」

「ええええぇっ！　エリス様、どうして⁉」

ロキシーの声と同時に発砲！　混じりっけなしの本気だぜ！

すでに予測していた俺は黒剣で弾いて防ぐ。

それを見たエリスは満足そうに微笑みながら言ってくる。

「やるじゃないかい。なら、ドンドンいっちゃうよ」

「やめてくれって」

「それはダメだね。ボクたちはもう……我慢の限界なんだよ」

「うんうん、フェイト様……お覚悟」

メミルもかよ。

一応、俺はまだ彼女の主でもあるはずなのに。これでは反乱だ。

「ロキシー、行けるか？」

「は、はい。やっぱり無理かもです。フェイ！」

「来たっ！　ちょっと、頑張って！」

エリスが問答無用で立て続けに発砲してきた。

「くっそ！　やり過ぎだ。このトリガーハッピーがっ！」

「あははっ、それはボクにとって褒め言葉だね。なら、撃ちまくっちゃうよ」

「やめろ!!」

「ゴーゴー、エリス様！」

「メミルもいい加減にしろって」

「こうなった原因を胸に手を当てて、考えるべきです。もちろん、エリス様に撃たれた後にですけど」

「おいっ」

まったく聞いてくれない。エリスは俺に弾丸を撃ちまくり、メミルは巧みな運転で、追いかけてくるし。こっちは、それを防ぐので精一杯。グリードが笑いながら言う。

『モテるじゃないか、羨ましいな』

「本気で言っているのか？　後ろを見ろ、エリスが発砲しているぞ。殺されかねないぞ」

『愛が重い女だからな』

「……引き金は軽すぎだろ」

『ハハハハッ』

「笑っている場合か！」

そして、今も崖を下るロキシーも運転だけで精一杯だった。

「フェイ、フェイ！　もう限界です。横転します」

「姿勢制御があるから、それはないから」

「でも……」

「こうなったら」

黒剣を鞘に収めて、再び俺の手をロキシーの手に重ねる。

「一気に逃げるぞ。ロキシーも魔力を込めてくれ」

「はい！」

二人で同時に魔導バイクへ魔力を送って、性能限界まで引き出していく。真っ黒いバイクの隙間から、青白く光が輝き出す。

後ろで運転しているのはメミルだ。魔力は俺たちの方が上だ。

おそらく、エリスが手助けをして追いかけようとしても、そのときには俺たちは地平線の向こうに行っているはずだ。

崖をあっという間に下って、その下に広がる平野を駆け抜ける。

「これは速い！」

「乗り物とは思えませんね」

あまりのスピードに、土煙を巻き上げながら爆走するほどだ。

後ろにいるメミルとエリスはまたたく間に点になってしまう。そして、見えなくなった。

「ふぅ～、蛮族共は引き離したようだな」

「ええ、そうみたいですね。ですが、エリス様とメミルをそのような名で呼ぶのはよくありません」

「だって、黒銃剣で撃ってきたし」

「確かに……そうですが。でも、やっぱりダメですよ。彼女たちはフェイに付いてきてくれたんですよ」

「わかったよ。なら、ここで待っとく？」

「いいえ、この先にある旧ランチェスター領まで行く手はずになっています。そこで合流したらいいと思います」

ロキシーはこちらに横顔を向けて、少しだけ舌を出してみせる。

真面目そうに見えて、案外やる時にはやる人なのだ。ハート家で使用人をしていた頃にも、そんな彼女の一面を知っていた。町娘の服を着て、こっそりと屋敷を抜け出していた。

あっけらかんと言ってのける彼女に思わず、笑ってしまう。

「もうっ、どうしてそんなに笑うのですか？」

「ロキシーは、ロキシーだなって思っただけ」

「な、なんですか。それは⁉」

「別に悪い意味じゃないさ。ホッとしただけ」

「う〜ん、ならいいです」

アッサリと納得してくれたロキシーは、運転に慣れようと集中していた。

どうやら、あのスパルタ崖下りが功を奏したようで、最初とは比べものにならないくらい上達している感じだ。

これなら、ハンドルから手を離してもいいかもしれない。

だが、そうしようとしたら、ロキシーからまだそのままでと言われてしまった。

「旧ランチェスター領までいいじゃないですか」

「そう言うなら」

しばらく、流れていく草原を見ながら二人で運転をしていた。まだ、後ろからエリスとメミルが追いかけてくる様子はない。かなり突き放したようだった。

後ろの様子を眺めているとロキシーが少しだけ笑って言ってきた。

「一緒に来てよかったです」

「ん？」

「突然、すいません。でも、よかった。フェイと旅を一緒にできて嬉しいし。それに……」

目線はずっと先を見ながら、彼女は言葉を紡ぐ。

「私だけ仲間はずれはもう嫌です。フェイたちが戦っているのに、安全な王都で待っているなんてもうごめんです。待つばっかりは、嫌なんです」

「ロキシー……」

「フェイに比べたら、私は非力です。ガリアで天竜から救ってくれたときは、とても嬉しかったし感謝しました。でも、それと同じくらいフェイとの距離を遠く感じてしまったんです。今の私には、天竜に立ち向かう力すらないんです」

魔導バイクの速度が更に速くなっていく。ロキシーが先程よりも多くの魔力を送ったからだろう。

「でも、そんなことを思っていたら、王都から出ていくことなんてできない。せっかくのフェイを送り出すためのパーティーであのような姿を見せてしまって、すみませんでした」

「いいんだ。ロキシーが悩んでいたことはわかっていたのに何もできなかったから……」

「フェイに付いていけるのかなんてこと……それは私が自分で出すべき問題だったんです」

「俺は……」

「そうですね。私は嬉しかったです。非力な私でも笑顔で迎え入れてくれたフェイに」

俺はハンドルから片手を離して、彼女の肩に手を置いた。

「非力なんてことはないさ。俺は、ロキシーに何度も救われているから。感謝しているのは俺の方さ。ロキシーが来てくれて、とても心強いよ。それに……」

「それに？」

「俺もロキシーと一緒に旅ができて、嬉しいんだ」

「フェイ……」

彼女は顔を傾けて、肩に置いていた俺の手に頬を乗せた。優しい温かみを感じた。

ずっとこうしていたい気分だったけど、地平線の向こうから旧ランチェスター領の高い壁が見えてきた。

第9話　旧ランチェスター領

俺たちはバイクを走らせて、高い壁が間近に迫ったところで止めた。

ロキシーは見上げながら言う。

「確か、ここを治めていた聖騎士は、ある一件で亡くなったそうですね」

「ああ……」

その一端に関係した俺は、歯切れの悪い返事をする。

領主だったルドルフ・ランチェスターは玉座の前で、俺に対して執拗に横槍を入れてきた。挙句の果てには、聖剣を引き抜いて、女王《エリス》様の御前で戦いを挑んできた愚か者だった。

結局は、エリスの側近である白騎士たちによって処罰された。

「領民たちにひどい階級制度を適用していてさ。エリスによって、ランチェスター家も取り潰しになったんだよな。今は臨時で、他の聖騎士を王都から派遣させて、統治させているらしいけど……」

「そうですね。エリス様がうまくいっているかを視察したいと言われていましたし」

当のエリスは、まだメミルが運転するバイクに乗ってこっちに向かっているところだろう。

かなり猛スピードで突き放してしまったからな。

「それにしても、静かだな。行商人たちが行き来しているような感じもしないし」

「この感じは王都で起こったことに似ていますね」

「言われてみれば……同じかも」

行商人たちは、身の危険にとても敏感だ。お金儲けがこの上ないくらい好きだけど、それ以上に己の命を大事にするのだ。

当たり前の話、いくらお金を持っていても死んでしまってはそれまでだからだ。

「なにか、あったのかな？」

「う〜ん……中で派遣された聖騎士に事情を訊いてみないことには……でも」

「言い出したエリス待ちか」

「はい」

色気ばかりを撒き散らすエリスだが、あれでも王国を治めている女王様なのだ。

俺やロキシーは彼女の家臣でもあり、一応顔を立てなければいけない。

もっとも、俺は同じ大罪スキル保持者ということで無礼講みたいなものだ。

しかし、ロキシーはそうはいかない。

たとえ、エリスがそのようなことはしないでいいと言っても、真面目な性格の彼女だ。

きっと、いかなる場合も敬意を払うだろう。

「遅いな、エリス。先に中に入ろう」

「ダメです。あれでも女王様ですから」

「あれでも⁉」

「えっと……失言でした。エリス様には黙っておいてくださいね」

「どうしようかな～」

「もうっ、フェイ！」

慌てて失言を撤回しようとするロキシー。

どうやら、内心ではエリスの掴みどころのない性格に困っているようだ。

王都のお城で、エリスの下で仕事をしていたときにはかなり振り回されていたらしいし。

「ちょっと聞いているのですか！　フェイっ！」

働き者のロキシーは大変だなと思い返していたら、「じー」と見られていた。

とても不服そうな顔をしているけど、それはそれで可愛いので問題ない。

だ。

「フェイ！」

「イタタッ……聞いているから」

返事を忘れてしまっていたので、耳をつままれる俺。こういうときの彼女は容赦ないのだ。

ヒリヒリする耳をさすりながら、二人して旧ランチェスター領を取り囲む高い壁を見上げる。

ちなみにロキシーは、まだこの中へ入ったことがないという。

それは、この前に俺と一緒に訪れたマインが、前領主であるルドルフをこてんぱんにのしてしまったことが原因らしい。そのことでしばらく武人の出入りが厳重に管理されるようになったそうだ。

更にハート家はランチェスター家とあまり友好的な関係ではなかった。

そのことも含めて、ガリア遠征時に協力を求めた際に僅かな物資を提供されたのみで、壁の中へ立ち入ることを禁止されてしまった。

「あのときは本当に酷い扱いだったんですよ」

「その一端を作ってしまったことは謝るよ。……ごめん。マインにも言っとかないとな」

「フェイたちが悪いわけではないです。元々、ルドルフのやり方は問題だらけでしたから。

きっと、フェイたちに謂無《いわれ》い何かをしそうになったんでしょ？」

「ああ、そんなところかな」

たしか……あのときはルドルフがマインのことを子供扱いしていたな。

そこまではいいのだが、彼女がとても気にしている身体的特徴（胸が控えめ）を馬鹿にしていた。これが決定的だった。

彼はマインの黒斧によって、空高く打ち上げられたのだった。

側にいた俺は口をアングリと開けて、唖然《あぜん》としていたのをよく覚えている。

我に返った後に、マインの手を引いてその場から逃げるのは大変だった。

「ため息をついているところを見るに、大変だったようですね」

「マインは売られた喧嘩は必ず買う性格だから。ここだけではなく、いろいろな場所で騒動に巻き込まれたんだ……」

「その話を聞いていると、本当に怒りっぽい人ですよね」

「当たり前さ、なんたって憤怒《ふんぬ》スキル保持者だから。そうは言っても、俺は憤怒スキルの力についてはあまり知らないんだ」

「えっ!?　そうなんですか？」

ロキシーは意外そうに俺の顔を覗き込んできた。

そんな表情をされても困る。

「なんというか……みんな自分の能力とか過去とかは話さない人たちなんだ」

「ふ〜ん。特別なスキルですし、話しにくいんでしょう。過去は……誰だって話しづらいですし。それが辛いものなら特に……」

「まあね」

そう言いながらも、俺は昨日の夜に精神世界でルナからマインについて、いろいろと教えてもらっていた。

彼女もロキシーと同じようなことを言っていた。

マインは長い時を生きていたためか特に強情なので、私から教えておくねといった感じだった。

「次にマインに会ったら、教えてもらえるように頑張ってみるよ」

「うん、その意気です！　よしよし」

ロキシーはニコニコしながら、俺の頭を撫でてきた。

「なんだか……子供扱いされているような」

「ふふ〜ん！　これでも一応は私の方がお姉さんですからね」

「一歳だけだし」

「それでもですよ」

とても上機嫌そうに言うロキシー。手のかかる弟みたいに思われているのだろうか。

詳しく訊いてみようとするが、後方から魔導バイクの駆動音が聞こえてきた。

どうやら、俺よりも遥かに年上のエリスと、一歳だけ年下のメミルが追いついてきたようだった。

「フェイト様！　置いてけぼりにしないでください！」

「そうだ、そうだ！　あんなにスピードを出すから、メミルが魔力切れ寸前になっちゃったじゃないかい」

二人して先に行ったことをプンプンと怒ってみせているが、

「それは当たり前だろっ！　銃弾が俺めがけて何発も飛んできたら逃げるって！」

「愛の銃弾なんだから、ちゃんと受け止めるんだよ」

「死ぬわっ!!」

その愛とやらは威力が強すぎて、穴だらけになってしまうって！

不敵な笑みをこぼしているエリス。その言葉はあまり冗談のように聞こえなかった。

前の運転席に座っているメミルまで同じような顔をしていた。

これは……俺の血を求めてやってくる夜が怖いぜ。

一触即発な空気の中、ロキシーが間に入ってくれて、エリスたちに頭を下げる。

「すみませんでした。私が運転に不慣れだったばかりに……」

「ロキシーは悪くないよ。悪いのは全部フェイトだから。ねぇ～、メミル」

「はい、その通りです！　エリス様！」

なんだか……置いてけぼりの間に、二人に連帯感が生まれたようだった。

癖の強いエリスとメミルがタッグを組んだら、俺はどうなってしまうんだ？

考えると恐ろしいから、今は見て見ぬふりをしておこう。

まあ、今夜からはロキシーが同室で一緒に寝てくれるらしい。

これはこれで、緊張してしまうけど二人から守ってもらえるという安心感が半端ない。

「二人共、もうこれくらいにしましょう。せっかく、お昼前に旧ランチェスター領へ着いたのに、これ以上の時間を消費してはいけません」

「「むぅ……正論」」

大人しくなってくれた二人を見ながら俺はバイクを押して、見上げるほど高い壁にある大門へ向かった。

その後ろで俺と同じようにバイクを押すメミル。そして、エリスとロキシーが続く。

二人はロキシーに頻繁に話しかけては盛り上がっている。内容まではよく聞こえないいけど、そのたびにロキシーが赤面していた。

気になってしまうが、先を急ぐ。

大門は兵士たちが警備しており、声をかけて聖騎士である紋章とバイクに描かれた王国の紋章を見せる。兵士たちはかしこまって、すんなり中へ入れてくれた。

事前に女王であるエリスが視察する話が、兵士たちの耳まで入っていたようだった。

「お待ちしておりました。すぐに領主のリシュア様をお呼びします！」

「ああ」

「これが魔導バイクですか……お話は聞いております。こちらへお止めください」

一人の兵士が笛を鳴らして、中の兵士たちに声をかける。そして、バイクを止める場所へ案内してくれることになった。

それにしても、兵士たちが多いな。彼らからはピリピリとした雰囲気を感じる。まるで何かを警戒して、守りを固めているようだ。

とりあえず、ロキシーとエリスにはその場で待ってもらう。

バイクを押しながら感じた街の様子は静まり返っていた。住民たちの姿はほとんど見えない。代わりに慌ただしく行き交う兵士たちとすれ違うばかりだった。

メミルと俺がバイクを運んで戻ってきたところで、新たな領主が現れた。

息も絶え絶えといった感じで、ショートカットの髪形が少しだけ乱れている。

見た目が幼いためか、なんとなく頼りなさそうな感じがする女性だった。

「お出迎えできずにすみません！　新たにこの地域を管理することになったリシュア・ベリサリオです。気配で皆様がこちらへ来られていることはわかってはいたのですが……」

しょんぼりとして明らかに困った様子をするリシュア。一通りの自己紹介を済ませたところで、見かねて声をかける。

「どうしたんだ？　今の街の状況を見ても、何かがあったとは思っていたけど」

いつもは商人たちが往来しているはずの大門。ここには兵士たちと俺たち、そしてリシュアしかいないのだ。

この閑散とした感じはただごとではない。

「それが……街から東にある砂漠に現れた魔物のせいで……」

「魔物!?　サンドマンが大量発生したとか？」

「いいえ」

「もしかして、サンドゴーレムがまた？」

「違います。それくらいの魔物なら私一人でも倒せます。これでも聖騎士ですから」

サンドゴーレムは、前領主が手を焼いていた魔物だ。

ずる賢くて、倒されそうになったら砂の中へ逃げ込んでしまうという習性があった。

それがまた発生して、悪さをしているのかと思ったけど予想が外れてしまった。

リシュアが頼りなさそうな見た目だったので、彼女の能力を低く見てしまっていたようだ。

「倒せます」とはっきり言った口ぶりには、ちゃんとした自信が表れていた。

「ごめん。それでは、どのような魔物か？」

「大きな鋏《はさみ》を持ち、砂漠を信じられないほどのスピードで動き回ります。しかも、体がとても硬くて聖剣の刃をまったく寄せ付けないんです。なにか弱点はないのか、ずっと調べていたのですが……どの文献にも載っていない魔物のようで」

「なるほど……」

古代に絶滅した魔物かもしれない。

文献にも見当たらないのだ、彼の地への扉の影響で蘇ってしまったと考える方が妥当だろう。

ロキシーたちに目線を向けると、俺と同じ考えのようだった。

「わかった。その魔物は俺たちが引き受けよう。君はこの領地を任されてまだ日が浅いから、何かと大変だろう」

「本当ですか⁉」

「ああ、任せてくれ！」

「うあぁぁ、ありがとうございます。ずっと不安だったんです」

俺の手を握ってブンブンと振るい出すリシュア。そのまま勢いに乗って、抱きついてきたほどだ。余程、思いつめていたようだった。

彼の地への扉に関係するなら、手伝わない訳にはいかない。そう思っていると、女性陣三人のどこか冷たい目線が突き刺さる。

メミルはわざとらしく尖った犬歯を見せつけているし、エリスは黒銃剣を構えようとしている……。

そして、ロキシーまでもが……口では微笑んでいるようだが……目はまったく笑っていなかった。夜も来ていないのに、やけに寒い空間の中で、グリードだけが高笑いする。

『ハハハッ、もてる男は大変だな』

「そんなつもりはないって」

『あれだ、あれ！　アーロンから剣聖の称号を譲ってもらっただろう。おそらく、あれにモテ効果が付加されていたんだ』

「いくらなんでも冗談だろ」

『さあな。しかし愉快だ！　いつか後ろから刺されないように気をつけるんだな』

確かにアーロンは爺さんになっても、いろいろな女性から好意を寄せられていた。

だが、さすがにその原因が剣聖の称号ってことはないだろう。

まさか……ないよな。そんな俺の手を取って、リシュアは屋敷へと案内してくれる。

「さあ、こちらへフェイト様！」

「そんなに引っ張らなくても」

「やはり頼れる殿方がいてくれるのはいいことです」

半ば強制的に連れて行かれてしまう。

まあ、魔物についてもう少し詳しく聞きたいから、ゆっくりできる屋敷の中が一番いいだろう。元気になったリシュアを見ながら、ふと後ろを見ると……。

「フェイ……」

「また撃たれたいのかな、フェイト？」

「フェイト様、今日の夜も覚悟してくださいね」

ヒィィィ⁉　目の錯覚かもしれないが、三人は背後に黒いオーラみたいなものを背負っていた。

俺はそれ以上後ろを見るのをやめて、リシュアの案内に身を任せるのだった。

第10話　聖騎士リシュア

リシュアに連れられて、街の敷地内へと入っていく。

前回に訪れたときは、この中ではなく離れた位置に併設された宿泊施設に滞在した。

理由は、前領主であるルドルフ・ランチェスターが厳格な身分制度を行《おこな》っていたからだ。領民しか中に入ることが許されず、外部の人間は決して立ち入ることはできなかった。

昔のこの街は、ルドルフが決めたルールに則《のっと》って運営されていた。

しかし、今はまったく違う。街にそこはかとなく漂っていた陰湿さも薄まっている。すれ違う人々の顔つきはどこか開放的だった。

それもあるから余計にだろうか……。

「やはり、領民は不安そうにしているな」

「はい、私の力が至らないばかりに。備蓄はまだかなりありますから、当面は問題ないのですが……」

「砂漠の魔物のせいというわけか。最近、王都でも同じようなことがあったから、よくわかるよ」

「王都の話も定時連絡で聞きました……この世界はどうなってしまうんでしょうか」

「まあ、その厄災を断つために俺たちは動いている」

俺の手を引いていたが、リシュアは申し訳なさそうに振り向いた。

「私が未熟なばかりに、フェイト様たちのお手を煩《わずら》わせてしまって……」

「さっきも言ったように、俺たちを気にすることはないさ。もし、厄災を断てたとしても、守るべきものを失ってしまった後では意味がないからさ。もちろん、リシュアも含めてこの都市に暮らす人たちもな」

「フェイト様……」

俺はそう言いながら、後ろを歩いているロキシー、エリス、メミルを見る。

彼女たちも一様に頷いていた。

「皆様……ありがとうございます」

そんなことを話していると、ちょうど屋敷が見えてきた。

ここはランチェスター家が使っていたものだが、今はリシュアとその部下たちの宿舎のようになっている。

かなり大きな屋敷だ。思わず、お城かと見間違えるほどだった。

「私には分不相応な屋敷ですね。さあ、中へ」

リシュアに伴われて、中へ入っていく。案内されたのは大きな客間だった。

メイドたちは予め準備をしていたのだろう。飲み物と軽食を各自の席の前に置いてくれる。

それに礼を言っていると、リシュアに笑われてしまった。

「フェイト様も聖騎士なのに、それも五大名家の一つであるバルバトス家のご当主。謙虚な方なのですね」

「俺はアーロンの養子だから、元々平民なんだ。それにロキシーの方が俺よりも、こういったことはしっかりわかっているよ」

左隣に座っているロキシーに目を向ける。

「いえいえ、それほどのものではないですよ」

「そうかな。俺は平民だった頃から別け隔《へだ》てなく接してくれるロキシーに憧れていたよ」

「フェイっ、このような場でいきなりそのようなことを言われると……」

顔を赤くしながら、ポンポンと俺の肩を叩き始めるロキシー。

心地よい感じなのでされるがままにしていると、右隣のエリスから肘鉄を食らってしまう。

「ガハッ!?　何するんだよ！」

「ま〜た、始めちゃうからよ。そういうことは誰もいない所でやってほしいんだよね。今は大事な話をしているところなんだけど、わかっているのかな〜。お二人さん？」

「「すみません」」

「エリス様の言う通りです！　最近のフェイト様とロキシー様は、私から見ても目に余ります！」

メミルから言われてしまっては立つ瀬がない。

俺にはそのようなことをしている自覚がないので、困ってしまう。それはロキシーも同じようでお互いにバツの悪そうな顔をしていた。

とりあえず、俺たちができることといえば、

「「ごめんなさい」」

「わかってもらえればいいんです！」

わざとらしくプンプンと怒ってみせるメミル。横に座るエリスは偉そうに頷いていた。

この二人は……調子に乗せておくと大変だ！　ロキシーと顔を見合わせてため息をついていると、リシュアの笑い声が聞こえてきた。

「フフフフッ、すみません」

「いや、いいんだ。いつもこんな感じだからさ」

「そうなのですか……でもよかった」

「どうした?」

彼女は改まった顔をして、俺たちを見ていく。

「エリス様は……もっと怖い方だと思っていました。この王国の女王様でもありますし
……」

「いやいや、ボクは優しいよ。平和主義者だし」

本当か!? ここへ来るまで俺のことをバンバンと銃撃してきたぞ。

エリスのあっけらかんとした顔を見つめながら、訝《いぶか》しんでいると椅子の下で足を踏まれてしまう。

「痛っ!」

「どうしたのですか? フェイト様」

「大丈夫、大丈夫、気にしないで。さあ、続けて」

「はっはい!」

やはりエリスと話すのは緊張してしまうのだろう。しどろもどろになりながらも、リシ

ュアはエリスのことを褒めていた。

すると、彼女はすぐに上機嫌になっていた。

ちょろい人だ。と思っていたら、またしても足を踏まれてしまった。

まさか……エリスは読心スキルを持っているのではないのかと疑ってしまうほどだ。

「ロキシー様はお聞きしていた通りです。一度だけお城でお会いしたことがあるんです」

「まあ、そうなのですか」

「ええ……お恥ずかしながら聖騎士に成り立ての頃に、お城で迷子になってしまいまして……その……」

「あああっ、あのときの⁉　見違えましたよ」

「道を教えていただき、ありがとうございました。恥ずかしくて逃げるように立ち去ってしまって、申し訳ありませんでした」

「いいのですよ。あの子が……こんなにも大きくなって……」

そう言いながら、ロキシーの目がリシュアの胸のあたりをじっと見ていたのがとても気になった。

ん⁉　どうしたのだろうか？

ロキシーは俺の視線に気がついたようで、すぐさま違う方向を見ながら顔を赤くしていた。

これは……もしかして。いや、追及はやめておこう。

さすがの俺でも、どういう意味かわかってしまった。アイシャ様の血を引いている彼女なら、大丈夫なはずだ。

うん、うん。一人で納得していると、ロキシーに脇腹を抓《つね》られてしまう。

「痛っ！　ロキシー？」

「むぅ～っ！」

めちゃくちゃ睨まれているっ⁉

「フェイ、後で話がありますから。いいですね」

「はっはい……」

この後、一体何を言われてしまうのだろうか。いつも優しく微笑むロキシーしか知らないため、このような大事な場だというのにドキドキしてきた。

そんなことをしていたら、またしてもリシュアに笑われてしまった。

「お二人はとても仲がいいですね」

「「あははっ」」

俺とロキシーはお互いに顔を見合わせて、笑うしかなかった。

反省していると、リシュアは俺を見つめながら確認をしてきた。

「フェイト様に一つ訊いてもいいですか？」

「いいけど、何を？」

「たったお一人で天竜を倒したというのは、本当なのですか？」

「う～ん、そうだな。半分当たっていて、半分外れているかな」

「それはどういう？」

リシュアが首を傾げながら答えを求めてくる。

俺はそれに答えるように、黒剣をテーブルの上に置いて言う。

「俺の力だけじゃないさ。この武器、グリードの力を借りなかったら倒せなかったし。それに天竜を倒した後もいろいろと事情があって大変だったんだ。そのときはロキシーに助けてもらったし……。だから胸を張って、俺が天竜を倒したとは言えない感じかな」

「そうなのですか。でも倒したのはフェイト様ですよね」

「まあね」

「フフフッ、やっぱり謙虚な方なのですね」

「そう言ってもらえるなら、ありがたいかな」

あまり褒められることのない俺からすると、リシュアの言葉は素直に嬉しかった。

そして彼女は一呼吸を置いて本題を話し始める。

「皆様にご協力いただきたい、東の砂漠に現れた魔物について説明いたしますね。現れたのは半月ほど前になります。その魔物はとても大きな鋏を振り回し、更にはこちらの攻撃を無効化します。おそらく……天竜と同じ領域にいると思われます。そして、不思議なことにその魔物が現れたことによって、以前からいるサンドマンが姿を変えて凶暴化しています」

困り果てるように眉尻を下げながら、ため息をついた。

またしてもEの領域か……。もし蘇った古代の魔物なら、その力を持っていてもおかしくはない。

そうなってくれれば、倒せるのは同じ領域にいる俺かエリスだけになってくるだろう。

「その魔物が現れるのは何時頃なんだ？」

「深夜です。日中はずっと砂の中に潜んでいるようで、日が暮れて砂漠の気温が下がってきたら姿を現します。かなり巨大でこの都市からでも確認することができるほどです」

「まだ時間はあるな」

応接間の窓から外を覗くと、日が暮れ始めたところだった。

深夜までかなり準備の時間がある。

エリスも俺と同じように外を見ながら言う。

「それなら、ボクは一眠りさせてもらおうかな。戦いの前の休息は大事だからね」

「マインと同じことを言うんだな」

「まあね。これは戦いの基本だからね。フェイトも休んだらどうだい？」

「俺は街を散策《さんさく》して気を紛らす方が、いいな」

「まあ、やり方は人それぞれだね。じゃあ、時間になったら呼んでね。メミルも行こうか」

「はい」

メミルは今回の討伐に加わることはないだろう。

聖騎士としての資格を取り上げられた彼女は、名目上戦うことを禁じられているのだ。

聖剣を手にできるのは、主である俺に危機が訪れたときくらいだろう。

王都に現れた古代の魔物ゴブリン・シャーマン戦で、俺が追い詰められたときに彼女は決まりを破ってまで、手を貸してくれた。だが、大なり小なりペナルティを受けてしまったメミルは、白騎士たちにこってりと絞られてしまったようだ。

あのときはそれで済んだようだけど、これからも頻繁に聖騎士としての力を使っていたら、それだけでは済まないだろう。俺としてもメミルには、あれを最初で最後にしてほしいと思っている。

残された俺は、同じく留まっているロキシーに目を向ける。

「どうする？　一緒に街を見る？」

「いいえ、大事な戦いの前なので、しばらく一人にさせてください」

「わかったよ」

Eの領域の戦いにロキシーが挑もうとしている。

俺には踏み出そうとしている彼女を止める言葉は見つからず、静かにその場から離れることしかできなかった。

俺は応接間を出ていくときに、リシュアにだけ聞こえるように声をかける。

「ロキシーのことを頼んでいいかな？」

「はっ、はい。私では頼りないかもしれませんが……頑張ります！」

ロキシーは言っていた。この戦いでステータスの低い自分が足を引っ張ってしまうんじゃないかと。

俺はそのようなことを思ってはいないのだけど……。でも暴食スキルの真の力に目覚めていなかった頃の自分を思い出してしまう。

俺のステータスはあまりにも低すぎて、聖騎士であるロキシーは雲の上の人だった。どんなに努力しても決して届くことがないような隔たりを感じていた。

たぶん、今のロキシーはあの頃の俺と似たような思いを抱いているのかもしれない。

なら、その原因となっている俺が、あれこれ言って彼女を余計に追い詰めてしまったらいけない。ここは同じ聖騎士であるリシュアに見守っていてもらった方がいいと考えたのだ。

「ありがとう、リシュア」

俺は屋敷を出て、夜の明かりが灯った街へ向けて歩き出した。

そんな俺に《読心》スキルを通して、グリードが声をかけてくる。

『お前のことだから、ロキシーがああ言っても側にいると思ったぞ』

「それはできないよ。彼女は芯の強い人だから……。あの場で一人になりたいと言ったら、それを曲げることはないいさ」

『でも心配でリシュアという若い小娘に頼んだわけだな』

「まあ……そんなところかな」

グリードとは長い付き合いだ。俺のことをよくわかっているようだ。

「俺は深夜の戦いまで、街の散策だ。美味しい料理を出してくれる露店とかないかな。この前に来たときは、街の中へは入れなかったから、結構楽しみなんだ」

『希望に胸を膨らませているところ悪いが、お前は忘れていないか?』

「何をさ」

『今はお前たちが倒そうとしている魔物のせいで、都市への物資が滞っていることをだ』

「あっ……あああぁぁぁ」

『まだまだだな。まだフェイトには俺様が必要なようだ』

「ちょっと忘れていただけだって」

『はいはい』

「おいっ、聞けよ!」

まったく……相変わらずのグリードさんだな。

ロキシーのことを今から心配していたら、なんで連れてきてしまったのかがわからなくなってしまう。

俺にできることは、砂漠の魔物との戦いで、ロキシーがなにかを得られるきっかけが作れるように協力するだけだ。

だけど……彼女がEの領域に踏み込むことに躊躇《ちゅうちょ》してしまう自分もいる。

グリードは言った。そこから先は人外の領域だと。だからなのだろうか。俺とロキシーとの間に、アーロンと結んだような絆が生まれないのは……。

第11話　月夜の再会

やはり夜の街は静まり返っていた。

前領主によって、外部の人間が街の中へ立ち入ることができなかった過去があったが……。今では開放されたはずなのに、今俺が歩いている街の様子は良いとは言えない。

まだ、リシュアに連れられて屋敷に案内されていた時間帯の方が、領民たちの往来があった。

夜が更けていくたびに、人々は自分の家に籠もって出てこない感じだ。

わかりきったことだけど、古代の魔物に怯えているからだろう。

たとえるなら、ガリアの天竜と同じ状況だ。

Eの領域にいるらしいそれは、倒すことができない。

同じ領域に達した者でしか太刀打ちできないからだ。

それ以外の者は、天竜が暴れてもただ逃げ惑うか、身を隠して縮こまることしかできない。

この街には天竜に襲われようとしている、怯えきった雰囲気が蔓延《まんえん》しているようだった。

「露店はどこにも無いな……」

『この街一番の大通りに無いなら、もうわかるだろう？』

「あ～ぁ、砂漠の都市の名物料理を楽しみにしていたんだけどな」

『リシュアにでも頼んでみたらどうだ？』

「それはダメだ。彼女は古代の魔物のことでいっぱいいっぱいだし、ロキシーのこともお願いしちゃったしな。さすがに、そんな状況で名物料理を食べさせてほしいだなんて言えないさ」

『いいじゃないか、古代の魔物と戦ってやるんだ。食わせろってな』

「俺はお前みたいに強欲じゃないんだよ」

黒剣グリードをポンポンと叩いて、邪《よこしま》な心を鎮《しず》めてやる。

静かな大通りを歩いていたけど、なぜか……右側の細い道が気になった。

覗き込むと、薄暗く奥がどうなっているかは見えなかった。

『どうした、フェイト？』

「いや……なんとなく」

とても引かれるものがある。

確固たる理由など無い。しかし、俺は今ここへ足を踏み込むべきだという、得体の知れない感覚が背中を押してくるのだ。

『そういったものを感じたときは、行くべきではないと思うぞ』

「でも……それでも行くよ」

長い間生き続けたグリードからの忠告。だけど、俺は街灯もなく、月明かりも届かない路地へ踏み込んだ。

『フェイト、暗視スキルを使っていけ』

「わかっているって。世話焼きだな」

『お前は出会った頃から手がかかって仕方ない。まったく、困ったものだ』

「それは大変だな、ハハハッ」

『他人事のように笑うなっ！』

お節介なグリードに言われた通りに、《暗視》スキルを発動させて先に進んでいく。

しばらく歩くと、黒い服を着た二人組が何やら会話している。体格と装備から武人とわかるが、明らかにただならぬ気配を感じた。そして、その者たちの周囲だけが暗視スキルをもってしても、薄暗いままだった。

スキルが効かない⁉

そのようなことは以前にもあった。

それはマインと出会ったときに、鑑定スキルを使って彼女のステータスやスキルを調べようとしたときと似ていた。

あの二人がただ者ではないことは、これだけでもはっきりとしている。

身を潜めて、会話を聞こうと耳をすませてみる。

だが、聞こえることはなかった。一応俺も聖騎士として、不審人物を取り締まる権限は王国から与えられている。

声をかけて何をしているのかを確認しよう。そう思って、近づいていく。

二人組は、おそらく俺が動き出す前に気がついていたようだった。

薄暗く細い路地裏は、見つかりにくいが逃げにくそうな場所だ。

俺がその気になってステータスでゴリ押せば、難なく取り押さえられそうだ。

一人は俺の方に体を向けて留まり、もう一人はゆっくりと俺とは逆の方向へ歩き始めた。

「おいっ、止まれ！」

制止の言葉も無視して暗闇に消えていこうとする。たまらず、走ろうとするが残ったもう一人に阻まれる。

「まあ、待て。フェイト」

その聞き覚えがある声。ハッとして彼の前で足を止めて、未だにはっきりと見えない顔を見上げた。

しばらく、無言の時間が過ぎていく。

月にかかった雲が流れていき、目の前にいる男の顔を次第に照らし出した。

「父さん……」

王都セイファートで俺の前で、賢者の石とライネを奪って消え、それからの消息は不明だった。

まさか……ここで会うとは思っていなかった。

こみ上げてくる感情を抑え込んで、後ろへ飛び退いて父さんと一定の距離を取る。

「おいおい、なんだ？　そんなに離れて、どうした？」

「当たり前だろ。ライネはどうした？　賢者の石は？　何をしていた？」

黒剣を鞘から引き抜きながら、知りたいことを口早に言う。

「せっかちだな。まだ夜はこれからだぞ」

「父さんっ！」

父さんは虚空から黒槍を取り出すことはなく、黒剣を片手に詰め寄る俺に余裕を見せる。

それがとても落ち着いていて、あまりにも子供扱いされているような気分になってしまう。

「まあ、落ち着け。まず、一つ。ライネはこちらで保護しているから安心しろ」

「何が保護だ！　誘拐したくせに！」

「あのような形で連れ去ったことはすまないと思っているさ。だが、今は違う。彼女も納得した上で、行動を共にしている」

「それはどういう……」

「利害の一致というやつだ」

ライネは自分の意思で父さんと一緒にいるということか……。

俺の表情から、ある程度納得を得られたのだろうと察した父さんは、話を続ける。

「あとは言えないな。賢者の石も、今何をしていたのかもな」

「父さん！」

俺の言葉をそれ以上聞くことはないようだった。

黒剣を構えているのに、動じることなく近づいてきて、そのまますれ違う。

「フェイト、あれほど言ったのに付いてきてしまったんだな……」

「俺にだってやるべきことはある。王都でじっとはしていられない」

「そうだな……あれから五年……いや、六年になろうとしているのか……」

俺に背中を向ける父さんは、薄《うっす》らと笑っていた。

そのまま振り返ることはなかったが、俺だけに向けて大事な話だと言って、

「砂漠の魔物だが、お前は手を出すな」

「なぜ？」

「少々、俺と因縁のあるやつなのさ。それに今のフェイトでは荷が重い」

「そんなことはないさ。俺だって」

「Eの領域か？　なら、わかっているはずだな。ここから先はステータス上の数値を重ねても意味がないということと、扱う者の技量や資質に関わってくると」

「それくらいは……」

「ならいい。だが、暴食スキルは倒した対象の魂を喰らい、すべてを己のものとする。これから先はEの領域上での戦闘が繰り返される。お前は想像を超えた苦痛を伴うだろう。スキルによる干渉もあるが、制御不能なステータスにも気をつけろ」

俺が一歩踏み込んで、父さんの背中に近づこうとする。だけど、その分父さんは一歩だけ進んで距離を取った。

「フェイト、戦いたいなら言っておく。お前がこれから戦おうとしているのは、聖獣と呼

ばれる特別な生き物だ。聖なる加護によって、たとえ……お前が持っている大罪武器でも、正面からでは無意味だろう。どうだ？　それでも戦うか？」

「戦うさ。もう決めたことだから」

「そうか……そうだな。ライネから聞いたぞ。あの呪われたガリアの地で、天竜を倒してしまったらしいな。そんな無茶をするお前なら、俺が言ったところで止まらないか……。だが、無理は禁物だ。体が変質しかかっているのだろう？」

「……それもライネから聞いているのか？」

「彼女はフェイトを心配していたぞ。そして俺も心配している」

ゆっくりと歩き出す父さん。

俺はそのまま行かすつもりはない。力ずくでも止める。そう考えていると、

「俺としては、子供は子供らしくしていてほしいと思っているがな」

「父さん！」

虚空から冷たい冷気をまとった黒槍を取り出した。

しかし、未だに背を向けたまま構える素振りすらしない。

「この街で俺たちが本気になって戦えばどうなるかなど……わかりきったことだろう」

「……」

「それでも俺を止められると？」

「…………くっ」

「いい子だ」

　この街を人質に取られてしまっては為す術がなかった。

　王都で父さんがライネと賢者の石を奪ったとき、多くの人々を凍りづけにした。だけど、命までは取ることはなかった。凍らされた人たちは、父さんが去った後に無傷で解放されたからだ。

　そんな人が、今ここで俺と戦闘になったとしても、他人を巻き込むようなことはしないような気がした。

　多分、父さんを行かせてしまったのは、赤く光り出した顔の入れ墨が……俺の考えを鈍らせるほどのプレッシャーを与えてきたからだ。

「さて、時間切れのようだ。またな、フェイト」

　暗視スキルでも見えない暗闇の中へと、父さんは消えていった。

　残された俺は、しばらくそこから動けずにいた。少しだけ速くなっていた鼓動を落ち着かせるために深い呼吸で整える。

『まさか……父親だったとはな。お前の勘は良いのか、悪いのか』

「ああ、俺もビックリだよ。でも、会えてよかったと思っている。それに砂漠にいる魔物が聖獣らしいということもわかったことだし」

『聖獣ね……これまた大層なものが……』

「父さんが、グリードでも聖獣に太刀打ちできないって言っていたけど、大丈夫か？」

『はっ⁉　俺様が⁉　……だが、ただの武器でしかない俺様は、結局は使い手による。つまりは……』

「俺次第ってことか？」

『そういうことだ。精進することだな。まあ、これからは俺様のスペシャルな性能だけでは、乗り越えられないこともあるって話だ。今回の聖獣戦は、どちらに転んでもフェイトにとって何かを掴むきっかけになるだろうさ』

「あのさ、負ける気はないぞ。負ければ、ここの領民たちが路頭に迷うことになってしまうからな」

『わかっている。もしものことも考えておけと言っているだけだ。引き際を見誤ると、大事な人すらも失いかねないぞ。忘れるな、今はお前一人で戦っているわけではないということをな』

「ああ……」

空を見上げれば、あれほどあった分厚い雲はどこかに流れてしまっている。

まんまるとした月が顔を出して、薄暗かった路地裏さえもしっかりと照らしていた。

深夜までにはまだ時間がある。元々気を紛らすための散歩だったし、このまましばらく静かな街を散策させてもらおう。

『いろいろあったことだし。酒でも飲んで、パァーッといくか？』

「ダメだろ。この後、聖獣やいろいろと戦うんだぞ。ほろ酔い気分で倒せる相手じゃない。それにそんなことをしてみろ」

『まあ、エリスに怒られて、ロキシーに叱られるだろうな。そしてメミルに血を吸われるな。ハハハッ』

「笑い事じゃない！」

まったく緊張感ってものがないのかよ。でもグリードは武器だからしかたないか。

要は使い手である俺次第だからな。

第12話　滅びの砂漠

父さんに会ったことで、ざわめいてしまった気持ちを落ち着けるために静かな街を歩き続けた。

気がついた頃には月は空高く昇っており、砂漠の魔物を討伐する時刻がすぐそこまで近づいていた。

『そろそろ戻った方がいいぞ』

「ああ」

屋敷に戻ると、すでに準備を整えた二人が待っていた。

エリスは黒銃剣を携《たずさ》えて、少しだけ遅れてきた俺にご立腹のようだ。

「遅れてくるとは、なかなかだね」

「悪い……いろいろとあってさ」

「ふ～ん、ボクが納得できるようなことなのかな？」

エリスとロキシー……そして後ろで控えるメミルやリシュアを見ながら、僅かにためらいを覚えた。

これは俺たち親子の問題でもあったからだ。

しかし、ロキシーのまっすぐとした瞳を見ていたら、言わないわけにもいかず、

「父さんに会ったんだ」

「えっ⁉」

エリスはとても意外そうに驚いていた。

そして、ロキシーも口に手を当てながら驚きつつ、俺に心配そうな視線を送る。

「大丈夫だった？　戦いにならなかった？」

「そうはならなかったよ。もしそうなら、街が今頃大騒ぎだろ」

「だよね。なら、お話でもしていたのかな？」

「まあな。父さんからの情報だ。信用できるかどうかはわからないけどさ。まず、ライネは無事だそうだ。今は父さんと行動を共にしているらしい」

それを聞いたロキシーとメミルがホッとしていた。

ロキシーは俺と入れ替わった件でお世話になっているし、メミルは血を求めるようになってしまった体を診てもらっていた。

彼女たちはライネと交流が多かったのだ。

ずっと安否を心配していたから、無事だと聞いて二人で安堵していた。

「ライネさん……よかった……」

「はい」

その声を聞きながら、俺は話を続ける。

「もう一つ、砂漠の魔物についてだ。父さんが言うには、聖獣と呼ばれているらしい」

「聖獣⁉」

エリスがその言葉を聞いて、固まってしまった。

彼女が普段見せないような顔に、ロキシーやメミルが心配そうにしていた。あまりエリスを知らないリシュアにまで、その動揺が伝わったほどだ。

「どうした？　聖獣を知っているのか⁉」

「うん……まあね。聖獣か……」

そう呟いたエリスの表情は曇ったままだった。そして、夜空を見上げながら、ポツリと言う。

「今回の戦いは、ボクとフェイトだけで行った方が良さそうだ。あとは足手まといになりそうだし」

「えっ⁉」

声を上げたのはロキシーだった。

彼女は今回の討伐に参加する手筈だったから、突然の話に驚きを隠せないようだ。

ステータスがEの領域に達していないために、俺たちと一緒に前線に立って戦えないことは彼女もわかっている。それだからこそ、サポートに回って役に立とうとしていた。

エリスは、それすらもダメだと言っているのだ。

女王の立場にある彼女からそう言われてしまえば、ロキシーとしては何も言えなくなってしまう。

たまらず、俺はエリスに理由を訊く。

「言い過ぎだ。どういうことなんだ？」

「聖獣は……ただのEの領域の魔物とは違うんだ。もしものとき、君はロキシーを守れるかい？　それができないなら、連れて行くべきではないと思っただけさ」

「必ず守る。それに魔物は聖獣だけではない。砂漠には攻撃的になった他の魔物もいるというし」

俺がリシュアを横目で見ると、頷いて応えてくれた。

「そいつらの相手をロキシーにお願いしないと、俺たちは聖獣に集中できないだろ」

「フェイ……」

自分がステータス上で劣っていることは、ロキシーが一番よくわかっていることだ。

何か言おうとした彼女を手で制す。

そして、エリスを説得しようと口を開こうとしたとき、彼女は俺の耳元まで近づいてきた。そのまま、俺にだけ聞こえる声で話し出す。

「ボクが言いたいのはロキシーを、この旅……戦いに連れてきたのなら、君は覚悟を決めるべきだという話さ」

「それって……」

「もうわかっているようだね。彼女が名と絆を結びたいと伝えてきたら、ちゃんと応えてあげるべきだってこと！　たとえ、Eの領域がコントロールできずに、崩壊現象に陥ってしまう危険性があってもね」

崩壊現象か……。

ハドやラーファルのようにEの領域に達しながらも、心がそれに耐えきれずに、人ではないものへと変貌《へんぼう》してしまったことだ。

もし、ロキシーが俺と絆を結んで、エリスが言った崩壊現象に陥ってしまったなら……化物になってしまったなら……。

それは俺にとって、とてつもなく恐ろしいことだった。

さらに距離を縮める行為――絆を結ぶということは、暴食スキルが彼女を欲しているため、俺の体内で何が起こるのかがまったく予想ができない怖さもあった。

「ああ……そのときはちゃんとするよ。だけど、少しだけ待ってほしい」

「いいよ、と言ってあげたいところだけど、それはロキシーが決めることだけどね」

「そうだな」

まったくその通りだ。

俺は目線をそっとロキシーに向ける。

彼女はこれから聖獣という俺たちにとって未知の魔物と戦おうとしているのに、力強く頷き返してくれた。

それを見ていたエリスは俺のお腹を小突いてくる。

「ロキシーに免じて同行を許可しよう。それに彼女の実力も見ておきたいし」

エリスは言いたいことだけ言うと、俺から離れた。

そして、出立の掛け声をみんなに向けて可愛らしく出す。

「それじゃ！　行ってみようか」

「おう！」

「はい！」

リシュアとメミルはそんな俺たちを見送ってくれる。

「私が不甲斐ないばかりに申し訳ありません。ご武運を」

「フェイト様、エリス様、ロキシー様！　頑張ってください！　ここで負けてはハウゼンへは行けませんから」

「任せておけ！」

いらぬ心配をかけさせるわけにはいかないため、元気よく答えてみたが……未知の魔物ということで漠然《ばくぜん》とした不安は心の中に居座り続けていた。

一人になりたいと言っていた数時間前のロキシーの強張《こわば》っていた表情も、今は和らいでいる。

同性として、同じ聖騎士として、リシュアはお願いしたことを果たしてくれたようだ。

戦いが無事に終わったら、彼女に礼を言わないといけないな。

そう思いつつリシュアと、ここで待っていてくれるメミルに手を振って、都市を後にした。

滅びの砂漠と言われる場所は、都市から東に隣接している。

足を踏み込むと、月夜の肌寒い風が吹き付けており、地平線の先まで砂の大地が続いていた。

そして、不毛の地を広げる張本人である、懐かしい魔物が出迎えてくれた。

しかし、姿が少々違っている。

その異変にロキシーやエリスも気がついていた。

「サンドマンの姿が……変質しています。姿もゴツゴツしていて、なんといいますか……黒い瘴気《しょうき》を身に宿しているような」

「崩壊現象か？」

「いや、それとは違うね。これは無理やり……聖獣の加護を受けさせられたようだね」

「加護ってなんだ？」

それは、生き物の可能性を引き出すものだという。

「あれが可能性なのか？　化物がより醜い化物になっただけじゃないか」

「あはは、その通りだね。聖なる加護は誰でも適応できるものではないのさ。受けたとしても合わなければ、ああなってしまう。化物はより化物へね。でも侮《あなど》ってはいけないよ。フェイト、鑑定スキルを使って調べてみて」

「わかった」

俺はサンドマンだったものへ、《鑑定》スキルを発動させる。

それと同時にエリスのある言葉が気になっていた。

聖なる加護に適性がないときは、より化物になってしまう点だ。

まるで大罪スキルの絆に似ているように思えたからだ。

はっきりとは言えないけど、感覚的に聖獣は大罪スキルと何らかの関係性があるのかもしれない。

エリスが聖獣という言葉を聞いたとき、様子が少しだけおかしかったことからも、嫌な予感がした。

しかし今は考えている場合ではない。視《み》えてきた魔物のステータスとスキルを確認する。

以前はレベル30くらいで、各ステータスも2000は超えないくらいだった。

敏捷は100で動きの遅い魔物だったはず。

スキルはたしか……精神強化（中）を持っていたはずだが。

鑑定スキルで現れたサンドマンだったものは……。

ダークネス・サンドマン　Ｌｖ90
体　力：２３９０００

筋　力：290000
魔　力：132000
精　神：176000
敏　捷：10000
スキル：風切魔法、自動回復

おいおい、ステータスも然《さ》ることながら、スキルも風切魔法と自動回復を持っているぞ。

自動回復は俺も持っている便利スキルだ。

致命的な傷には無理だが、それ以外なら少しずつ回復できる。

このダークネス・サンドマンは、冠魔物とは違う。そこら中にいるただの魔物だ。そんなやつがこんな有用なスキルを保持しているのは危険すぎるだろ。

リシュアがこの魔物だけで手を焼いていた理由が今わかった。

風切魔法を鑑定して、ロキシーとエリスに知り得たことを合わせて伝える。

「あれの名はダークネス・サンドマン。ステータスはサンドマンとは比べ物にならない。腕力は30万近いぞ。敏捷は1万で一番劣っている。スキルは自動回復に風切魔法。魔法の効果は真空の刃を作り出して遠距離攻撃ができるみたいだ。遅いと油断していたら、離れた位置から切り裂かれるぞ」

「だってさ。ロキシー、気をつけるんだよ」

「はい」

この情報はロキシーが一番心得ておかないといけなかった。

なぜなら、俺とエリスはEの領域に達しているため、それ以下のステータスの相手からの攻撃は受け付けないからだ。

たとえば、今この場にいるダークネス・サンドマンから風切魔法でいくら攻撃されても、傷一つ受けない。

受けないが多少の衝撃は伝わってしまう。

それを聖獣戦のときに大量に喰らえば、戦闘に集中できないだろう。もしその隙をつかれれば聖獣から致命的な攻撃を受けかねないのだ。

ロキシーには聖獣を取り巻くダークネス・サンドマンの露払《つゆはら》いをしてもらう作戦だった。

エリスは彼女をじーっと見つめて言う。

「よしっ！　ロキシー、準備はいいかい？」

「戦うのですね」

「そうだよ。君一人でね。ボクたちは見学させてもらう。そして条件を一つ付けさせてもらおう」

「どのような」

「ふふふっ……。その前に、聖獣の加護を受けて失敗した魔物を、ボクたちはまとめて『闇堕ち《ダークネス》』って呼んでいたんだ。ダークネス・サンドマンは呼び名として長いから、今後はダークネスって言おうよ。フェイトもね」

「はい」

「おう」

エリスはダークネスを眺めながら、ニヤリと笑った。

「ロキシーには、あのダークネスを十秒以下で倒してもらう。どうかな？　無理ならやっぱりここで帰ってもらう」

「エリス!?　まだ言うのか？」

「そうさ、言わせてもらうよ。この程度のダークネスで手こずってもらっては、本当の足手まといだからね。予め、言っておくよ。ボクは戦いにおいてはシビアだよ。さあ、どうする？」

視線は一直線にロキシーを見据えていた。彼女はそれに目を逸らすことなく答える。

「やります。私だって、そこまで足手まといではないと、エリス様に知ってもらいたいですから」

「いいね！　頑張り屋さんは大好きだよ。なら、いってみようか！」

ロキシーは聖剣を鞘から引き抜いて、構える。まだ、ダークネスは俺たちに気がついていない。

一気に間を詰めて、不意をつければエリスが提示した十秒以下はクリアできるだろう。

問題は、足場が砂ということだ。硬い地面と違って、強く踏み込めば踏み込むほど、足を大きく取られてしまう。

俺はあえて、彼女にそれを伝えなかった。なぜなら、俺だってエリスの試練を乗り越えてもらいたいからだ。無粋な手出しはできない。

「準備はいいみたいだね」

「はい」

「では、始め！」

ロキシーは踏み出したときに緊張していたのか、砂に足を取られそうになった。だが、すぐに体勢を取り直して、ダークネスの視界に向けて駆けていく。砂地とは思えないほどの軽やかな足取り……さすがだ。しかし、まだ始まったばかりで油断はできない。俺は静かにロキシーを信じて戦いを見守るだけだ。

第13話　ロキシーの限界

ダークネスの死角から、斬り込もうとするロキシー。

既《すんで》のところで気づかれてしまう。固唾を呑んで見守っていた俺としては、すぐにでも彼女の側へ行きたくなった。だが踏みとどまって成り行きを見守る。

ロキシーは迷うことなく、勢いそのままにダークネスに斬り込んだ。

「ああ……浅いね」

横にいるエリスから漏れてきた言葉……俺も同じ感想だった。

サンドマンと同じ弱点だったとしたら、あの砂の体の奥にあるコアを攻撃しないといけない。

砂の体は、足元にある砂を集めてコアを覆っているに過ぎないからだ。

つまり、ロキシーは初撃でコアでなく砂を斬ってしまった。不意打ちは失敗したと言っていいだろう。

「さあ、時間がないよ」

「ロキシー……」

俺の心配は杞憂《きゆう》だった。

彼女は、初撃が失敗するかもしれないことも予想していた。

ダークネスが風切魔法を唱えるために、ロキシーから距離を取ろうとする。砂の中へ潜り込もうとしたのだ。

彼女はそれを許さずに、体を回転させてダークネスを蹴《け》り上げる。剣の使い手でありながら、蹴技も使う。ふとある言葉を思い出す。

それは以前にアーロンが言っていた、あの子は足癖が悪いぞという言葉だ。彼はロキシーと手合わせをしたときに、剣撃よりも蹴技に苦労したそうだ。

強烈な蹴りは砂に食い込んで、その中心にあったコアに届いた。キッーンという金属音にも似た音と共に、青いコアが空中に飛び出したからだ。

ただのサンドマンのコアとは、比べ物にならないくらい硬質そうなコアだった。

蹴りだけでは、ひび一つ入らない。

しかし、無防備に空中に飛ばされてしまえば、あのコアは何もできないだろう。

ロキシーは追撃とばかりに宙を舞うコアを横一閃した。その鋭い斬撃に、コアは真っ二つとなって、砂地の上に転がっていった。

時間は……ギリギリ十秒といったところか。

これでエリスが提示していた条件はクリアしたことになる。

ロキシーのもとへ、エリスと二人で歩いていくが……その最中エリスからは、ロキシーを褒め称えるような表情は窺えなかった。

「フェイ、エリス様。どうにか、時間内で倒せました」

ロキシーの顔は少しばかり強張っていた。

それはやはり、エリスがいつもの陽気な彼女ではなかったからだろう。

しばらく間をおいて、エリスは口を開く。

「まずはおめでとう」

「ありがとうございます」

「でも、十秒以内と言ったけど、まさかギリギリだとは思っていなかったよ。それに、手数が多すぎるね」

「……言葉もありません」

おそらくエリスが求めていたのは、初撃でダークネスを倒す姿だったのだろう。

どうにか合格したが、不安は残るといった具合だった。

「ボクとしては、こんな感じに倒してもらいたかったんだけど」

エリスはそう言いながら、黒銃剣を構える。

そして、俺たちがいるところより、東にダークネスを見つけると、狙いを定めて発砲した。

見事にダークネスのコアを撃ち抜いて、というか跡形もなく吹き飛ばす。

「こんなところだね。ロキシーには少なくともこうなってもらわないと」

「……頑張ります」

「フェイトからもどう？　君もダークネスを倒す姿をロキシーに見せてあげたらどうかな？」

「俺は遠慮しておくよ」

エリスとの力の差を見せつけられた挙句、俺がダメ押しするとか……考えられないって。

本当にエリスは戦いにおいては辛口だな。

俺はロキシーのすぐ側まで行って、肩に手を置いた。

「エリスは規格外なやつだから、比べない方がいいさ。それよりは……」

「はい、わかっています。私にできることをこなします。まずはそれからしないと」

「ダークネスの露払いは任せるよ。ただし、きつくなりそうなら言ってくれ」

ロキシーは深く頷いて、未だに握っていた聖剣を鞘に収めた。

それから、リシュアの情報で聖獣が目撃された場所を目指して東へ東へと砂漠を進んでいった。

吹き付ける風は体のほてりを程よく冷ましてくれて、心地いい。

満月の夜も相まって、視界も良好。ナイトハントにはうってつけだ。

本来なら、武人たちで砂漠は賑わっていただろう。

だが、すべての原因であるこいつが居座っていれば、絶対に普通の武人には太刀打ちできないことはすぐに理解できる。

砂を巻き上げながら現れた巨大な蠍《さそり》。

何者をも寄せ付けないプレッシャーに満ちたルビーの宝石のような外骨格。

大きな鈍器を思わせる二つの鋏が更に堅牢さを醸《かも》し出している。

その後ろでは、見るからに鋭い尾が右に左に小刻みに動いており、貫く標的を探しているようだった。

「ロキシー、エリス！　準備はいいかっ!!」

「はい」

「いいよ……」

エリスの返事が少しだけ力がないのが気になったけど、目の前の敵に集中するしかない。

黒剣を握りしめながら、グリードにも声をかける。

「聖獣戦だ。いけるな、グリード」

『おう、任せておけ。だが聖獣の様子がおかしいぞ』

「ん？」

たしかにグリードの言う通りだった。

俺たちが武器を構えているというのに、無視をして違う方向へ行こうとしているではないか。

そして、その巨大な蠍に導かれるように、たくさんのダークネスたちが後を追いかけていた。

「まるで眼中にない……」

『そういうことだな。聖獣は人と同じか、それ以上の知能を持っている。だが、あれでは獣以下だ』

「理性ってものを感じない動きだな」

『おそらくだが……彼の地への扉によって蘇ったが、完全とまではいかなかったのかもしれん』

完全体ではないのか……。

あれで……かよ。理性を失っているというなら、鑑定スキルを妨害してくることもないだろう。

スキルを発動させて、巨大な蠍のステータスを調べる。

【神の守護盾】
ゾディアック・スコーピオン　ＬＶ???
体　力：9・3E（＋9）
筋　力：9・3E（＋9）
魔　力：5・5E（＋9）
精　神：9・9E（＋9）
敏　捷：5・2E（＋9）
スキル：???

ステータスは見ることができたが、レベルとスキルは無理だった。

もしかしたら聖獣の力かもしれない。

それにしても、なんてステータスだ。

今まで戦ってきたEの領域の敵とは一桁違う。いや、体力や筋力、精神に至っては二桁違いに迫りそうだ。

はっきりいって、俺の今のステータスよりも上だった。

しかし、Eの領域からのステータスは扱いが非常に難しい。うまくコントロールできないと力が発揮できないし、心まで侵食されてしまえば崩壊現象によって化物以下の存在となってしまう場合だってある。

理性を失っている状態なら、本来の力を発揮はできないだろう。

それは王都で【魂を弄ぶ者】ゴブリン・シャーマンによって、人から変貌させられたオーガーという魔物との戦いで知っていた。

オーガーは、人が無理やりEの領域に達せられてしまった結果の姿だ。崩壊現象によって理性のない化物となってしまったため、本来の力を発揮できずにいた。

同じようにゾディアック・スコーピオンの現状なら、強大なステータスを扱えないと思えたのだ。

それを見透かすように、グリードが《読心》スキルを介して言ってくる。

『ただし100％発揮できないからといって、甘く見ていたら死ぬぞ。相手は聖獣なんだ。

見ろ、エリスのやつを。表面上は平然としているが、内心はビビッている。あいつがライブラを怖がっているように、それと同じくらい聖獣も恐怖の対象なのだ』

「エリスが……」

先程見えた彼女の違和感は、グリードも感じていたようだった。

『今のところは大丈夫そうだが、ここでというところでトラウマが蘇らなければいいがな』

「そういうことをここで言うなよ」

『ハハハッ、悪い悪い』

グリードがたまにそういう予想をすると、よく当たったりするのだ。

戦う前から嫌な予感しかしないぞ。

俺は気持ちを切り替えて、鑑定スキルで調べたことをエリスとロキシーに伝えた。

そして、緊張をほぐす意味を込めて、再度各々の役割を確認する。

「ロキシーは俺たちが戦いやすいように、取り囲もうとするダークネスを一掃」

「はい」

「エリスは銃撃で、中衛から牽制《けんせい》して注意をそらしてくれ」

「了解！　今のボクには接近戦はちょっとまずそうだからね。フェイトやロキシーにバフをしながら、動きやすいようにやるね」

「俺は二人からサポートをもらいながら、聖獣へ斬り込む」

パーティーのコントロールは中衛のエリスが行う。

さすがに前衛の俺が後ろを振り向きながら、二人の様子を見るわけにもいかない。

ロキシーはダークネスとの戦いでおそらく精一杯だろう。

まあ、この中で最年長であるエリスは、もっとも戦闘経験が豊かなので一番の適任だと思われる。

不安要素を挙げるとしたら、グリードが言っていた過去のトラウマだろうが……その内容を知らない俺としては、何がトリガーとなってしまうのかわからない。

だとしても、エリスに訊くのも難しいだろう。

長い年月が過ぎても未だに癒えていない心の傷を、これからちょっと手短に教えてくれなんて言えない。そんなに簡単に言えるのなら、トラウマになっていないだろうし。

「始めようか。早くしないと聖獣が遠くへ行ってしまう」

戦いの狼煙《のろし》は、一発の銃声だった。

エリスが聖獣へ向けて放った銃弾は、とても強い魔力が込められており、Eの領域の入り口程度の魔物なら即死の貫通力を持っていた。

それをいとも簡単に聖獣の赤い外骨格が跳ね返す。

硬い……なんて表現では足りなすぎる。

防衛本能だろうか。攻撃を受けた聖獣は、向きを変えて一直線に砂を巻き上げながら俺たちに向かってきた。

さあ、やろう。

そんな俺にグリードが言う。

『聖獣戦。今まで俺様の性能頼りだったお前も、ここで成長してもらわないとな。俺様の使い手なら、俺様のすべてを引き出してみろ！』

「言われなくても、いつだってやることは決まっている」

『ほう、どういうことだ？』

「全力で戦うだけさ」

前衛として彼女たちより先に前へ出て、駆けていく。

後ろからはエリスからバフの銃弾が飛んでくる。俺に当たって、銀色の光に包まれた。

これは……ファランクスバレットか。

魔力オーラを展開して、三回まで攻撃ダメージを飛躍的に低減させる有能なバフだ。これを撃つにはチャージ5が必要なため、おそらく事前にこの戦いのために備えていたのだろう。

「ありがたい。初撃をいくぞ、グリード！」

『おうっ』

ゾディアック・スコーピオンの鋏を躱して、腹下に潜り込む。勢いそのままに黒剣で切り裂こうと試みた。

「硬いだけじゃない！　視えない壁のようなものに阻まれて思うように刃が通らない」

『それが聖なる加護ってやつだ。さあ、どうする？　フェイト！』

今までとは違う敵を前に、グリードはとても楽しそうだった。

やってやるさ。俺は暴食スキルの半分を解放させる。

体中に痺れるような痛みを伴いながら、飢えがこみ上げてきた。

だいぶ慣れてきたといえども、自分自身を蝕ませる行為。ライネはこれを繰り返していけば、そう遠くない未来……俺は人ではなくなってしまうと言っていた。

だからといって、この戦いの衝動は止められない。アーロンと戦った……別れの手合わせで、思い知らされてしまった。

俺はここまで来るための戦いによって、武人になっていったんだ。幼い頃に父さんのようになりたいと憧れていた武人にだ。

「武人らしく、暴食らしく……喰らいついていく」

第14話　炎剣と聖獣

黒剣グリードの性能だけに頼っていたままでは、この聖獣にかすり傷すらもつけることができない。

まずは炎弾魔法だ。俺はその魔法を放つことなく、黒剣へと流し込んだ。

たちまち、赤黒い炎が黒剣から溢れ出した。

『手始めにってわけか？』

「まあな。武術だけでなく、魔力を純粋に魔法へ変換させる鍛錬もしてきたんだからさ」

『なるほど、たしかに炎の魔力密度が格段に上がっているな』

当たり前だ。マインの行方を捜している間、俺は呑気に王都で過ごしていたわけではない。

魔法スキルは、暴食スキルで得たものだ。持って生まれたものではない。そのため、素養が俺には乏しかったようで扱いに苦労していたのだ。

今までそれを補うために、グリードの第一位階である黒弓にサポートしてもらって、なんとか魔法スキルを使用していた。

しかし、ガリアでエリスとマインに付き添われながら、黒弓をコントロールするための鍛錬をした際に、次なる目標ができた。

あの死臭に満ちた大地では、黒弓から放つ魔矢をグリードに頼らずに標的に当てることを習得した。

これで自信を得た俺は、魔法スキルも自分の力で自由に扱いたいという気持ちが湧いてきた。

魔法スキルはイメージが最も大切だという。だから、ルナと会っている精神世界でも鍛錬が可能だった。

そこで毎晩眠ってはグリードも加わって、真っ白な世界で、二人に見守られながら魔法の練習をしていたのだ。

そこで編み出したのが、黒剣に俺の魔法スキルをプラスして魔剣化するものだった。

今回は炎弾魔法で、ミリアが持っていた炎の魔剣フランベルジュを模してみた。

威力自体は、模倣しているのにフランベルジュを圧倒的に凌駕《りょうが》するものとなっている。

『では、行ってみるか』

「おう」

聖獣の下から飛び出して、もう一度攻撃を仕掛けるタイミングを見計らう。

俺の後ろで、ダークネスたちが蠢《うごめ》いて襲いかかろうとしているが、気にはしない。Eの領域によって、それよりも劣るステータスを持つものから攻撃を受けないからではない。

露払いを頼んでいるロキシーがいるからだ。

「フェイ！」

「ありがとう！」

斬撃の音と共に俺の名を呼ぶ声が聞こえてきた。それに振り返ることなく、礼だけを述べて聖獣を見据える。

戦いに集中できるように、ちゃんとロキシーが援護してくれている。

そして、もう一人。

甲高い銃声を轟かせて、聖獣の側面に数発の弾丸を食らわせる。

「フェイト、隙はボクが作るから、いいね」

「わかっているさ。エリス、頼む！」

「任された」

聖なる加護に阻まれて、エリスが放った銃弾は届かない。だが、注意は俺から逸れた。

俺はその隙を見逃すことなく、炎剣を携えて駆け込んでいく。

エリスのサポートはそれだけではなかった。

続けざまに今度は聖獣の足元に銃弾を撃ち込んだ。聖なる加護によって自分の攻撃が通らないとわかるとすぐに機転を利かせ、足元の砂を大量に吹き飛ばしたのだ。

その結果、足場を無くした聖獣は、巨体を支えるバランスを失って大きく傾いた。

まさに隙だらけと言っていい。

体勢を整えることに必死な聖獣なら、どこから斬り込んでも反撃は受けにくいだろう。

「ナイス!」

「このまま、一気に斬り込んじゃえ!」

エリスの声援を受けながら、聖獣へ斬り込む。砂に足を取られないように気を配りつつも、最大限の力を込めて進んでいく。

聖獣はバランスを崩しながらも、俺へ目を向けた。

嫌な予感がした次の瞬間、俺の頭上に巨大な尾が現れた。

その先には鋭い針が付いており、ものすごい速さで俺の体を貫こうとしている。

だが、俺はそれを回避することなく、突き進む。

俺はエリスが与えてくれた、ファランクスバレットの効果を信じていたからだ。

燃え盛る黒剣は下段に構えたまま、聖獣の尾と正面から衝突した。

空気が震えるような振動と共に、ガラスが砕け散るような音が響き渡る。俺は無傷。そして聖獣の尾は弾かれるように後退していた。

ファランクスバレットの効果が発揮されたことが証明された瞬間だった。

やるじゃないか、エリス。

格上の敵による攻撃を無傷で守り切るなんて、とても良いバフだ。

しかも、あと二回も守りは残っている。

ありがたい……なら、俺は一直線に攻撃を加えることだけに集中できるというものだ。

「うおおおおぉぉぉっ！」

『いけぇ、フェイト！』

聖獣から鋭い針を、一回、もう一回と受けるたびに、ファランクスバレットの防壁が剥がされていく。丸裸にされてしまい、もう次はないといったところだったが、どうやら俺の方が速かったみたいだ。

炎剣と化した黒剣を聖獣の横腹に叩き込む。

「くっ」

しかし、聖なる加護によってまたしても阻まれてしまう。

『どうした、フェイト。それくらいか？　もっと！　もっとだ！』

言われなくても、わかっているさ。これでも聖なる加護に届かないなら、更に火力を上げてやるだけ。

《精神統一》スキルを発動させる。

このスキルは、アンデッド・アークデーモンを倒したときに得たものだ。それはシンと呼ばれる集合生命体に体を乗っ取られたラーファル・ブレリックが魔物と化してしまった姿だった。

俺にとっては、ラーファルとの因縁も合わさって……なんとも感慨《かんがい》深いスキルでもある。

だが、今はそんなことは言ってはいられない。

精神統一スキルは一定時間、技系・魔法系スキルの威力を五倍に増大させる。

Eの領域にあるステータスの扱いに手間取っている俺には、精神統一スキルは手に余る。現に王都にいたときは、あまりの力に周りの被害を恐れて使いあぐねていた。

しかし、ここは砂漠の真ん中で、俺の後ろにエリスとロキシーがいる。前方へ向けて全力を出しても問題ない。

『地平線の彼方まで砂漠だ。やっとそれが使えるな』

「ああ、魔法スキルが増幅されるのを感じる」

『すべてをコントロールしようと思うなよ。今のお前では無理だ。ただ全力を出すことだけに集中しろ』

グリードの言う通り、これはコントロールできそうにない。今まで感じたこともない凄い力だった。

炎が黄金色へと変わっている。このような色を持った炎は見たこともない。まさに自然界に存在しない炎の色。魔法だからこそ、表せる色だ。

それをもって、聖なる加護へ斬り込む。

これは……いける！

しばらくは拮抗していたが、徐々に俺の黒剣の方が勝ってきている。

聖なる加護を破壊することに気を取られていたら、後方からロキシーの声がした。

「フェイト！　後ろ！」

ゾッとした嫌な気配が後ろにある。それがわかったときには、聖獣の尾が忍び寄っていたのだ。ファランクスバレットの防壁は無くなっている。このままでは、背中から鋭い針で貫かれてしまう。

そう思ったとき、数発の銃声が俺の援護をしてくれた。

「早く、聖なる加護を破壊するんだ。尾を君に行かないように弾くことでやっとだからね」

「エリス！」

「さあ」

エリスの援護射撃によって、聖なる加護だけに集中できる。おそらく、ロキシーがエリスのサポートをするためにダークネスと聖剣で斬り払っているのだろう。

後ろから銃声に混じって、剣撃の音も聞こえてくる。

ここで、二人の期待に応えないわけにはいかない。

「グリード、付いてこれるか？」

『当たり前だろう』

「なら……聖なる加護か……知らないが」

「『ぶった斬る！』」

ひらすらに力任せ。ただ一心不乱にそれだけ。

聖なる加護を押し始めていた黒剣が加速する。大量の炎を巻き上げながら、光の壁を焼き尽くしていく。

振り斬ったときには、聖獣を加護するものは消え去っていた。

「まだだ！　そうだろ、グリード！」

『おう』

そう、まだ精神統一スキルの効力は残っている。これは魔法スキルだけを増幅させるものではない。

技系……つまりアーツもまた強くしてくれるのだ。

俺の手にある黒剣は片手剣タイプ。それに該当するアーツは決まっている。

俺は下段の構えから、《シャープエッジ》を繰り出した。

高速二段斬り攻撃。まずは黒剣を振り上げて、聖獣の赤く巨大な図体を宙に浮かせる。

そのまま、剣先から黄金色の炎を撒き散らしながら、聖獣を斬り伏せる。

地面に叩きつけると、まるで地震が起きたかのような振動が周囲に広がっていった。

『やったか？』

「わかっているくせに……そういうことを言うなよ」

冷やかしのような声でグリードが俺を鼓舞してくる。

まったく……なんて硬さなんだ。今までどんなものも、易々と斬り裂いてきた黒剣をもってしてもかすり傷程度しか与えられない。

「僅かにあの硬い皮に傷をつけただろ」

『それで俺様は刃こぼれ一つしていない。その意味はわかるな』

「わかってるって。まだまだって言いたいんだろ？」

『そういうことだ。そろそろ体が温まってきた頃だろう。思い出すな……この場所を』

ああ……俺も思い出す。ここから暴食スキルを抑えるための鍛錬を始めたのだ。

今はダークネスと化してしまったサンドマンの魂を啄《ついば》むように喰らって、飢えた状態を維持していた。

あれはまるで……カラカラの喉を、水を一滴ずつ飲みながら潤《うるお》すという苦しいものだった。

でも、あれも慣れてしまえばなんてことはない。

初心に返るわけではないが……また飢えを感じよう。

深呼吸を一つして暴食スキルの半分を引き出す。

「くっ⁉」

今までにない頭痛が走り抜けていき、違和感を覚えつつもステータスのコントロールが更に精度を増しているかを確認する。

問題なくEの領域にいる俺のステータスをコントロールできている。流石は半飢餓状態だ。

謎の頭痛に一抹の不安を感じるが、今は治まっているので大丈夫なはず。

そして、砂から這い出してくる聖獣を見据えた。

先程のシャープエッジで攻撃した衝撃で砂の中へ沈んだ巨体は、何事もなかったかのように悠々と姿を現していく。

鈍器としても使えそうな大きな鋏を二つ、俺へ向けて威嚇している。加えて、その上でしっかりと尾の針も俺に狙いを定めていた。

先程とは打って変わって、明らかに強い攻撃性を帯びたプレッシャーを放っている。俺が聖なる加護を剥いだからだろう。

だが、なんとなく、それだけではないような気がした。

理由は俺が暴食スキルの力の半分を解放したタイミングで、あの聖獣の動きに変化があったように見えたからだ。

エリスが初めに聖獣と聞いたとき、心が不安定になっていたのを覚えている。

彼女は大罪スキル保持者だ。

もしそれに関係する繋がりなら、今日の前にいる聖獣もまた俺の大罪スキル——暴食スキルに何らかの因縁があるのかもしれない。

それはこの聖獣を倒してからゆっくりと考えればいいだろう。

俺は今も尚燃え盛る黒剣を構え直した。

第15話　聖獣の威圧

俺の攻撃がすべて当たった。

そのことで、聖獣が自身のステータスを活かしきれていないと感じられた。

俺に対する動きは、理性的な対応ではない。

戦ってみたところでは、攻撃に対する本能的な反射行動のみだ。

こちらの動きを予測した反応は見受けられなかった。

単純な行動なら、こちらとしては非常にやりやすい。

たとえ外皮が硬くグリードの刃が通りにくくても、一箇所を重点的に攻め続ければ、そのうち切り落とせるだろう。

精神統一スキルの有効時間の内に、少なくともあの巨大な鋏の一つくらいは斬り取っておきたい。

「行くぞ、グリード！」

『狙うのはいいが、あの鋏に挟まれるなよ。捕まれば真っ二つだ！』

わかっているさ。俺の黒剣は一本、聖獣の鋏は二つ。

だから一つの鋏だけを相手していると、もう一つからチョキンとされてしまうんだろ？

それに、尾の針も危険だ。あれは頭上から襲ってくる。

一体の聖獣を相手しているというよりは、三体と戦っているようなものだ。

エリスの援護射撃を期待したいところだ。信じているぞ、色欲さん。尾の針は任せたぞ。

燃え盛る炎剣を振りかざす。狙うはもちろん聖獣の右鋏だ。

左から振り下ろされた攻撃を躱しては、右鋏に攻撃を加えていく。小さな傷が少しずつ広がって時間は掛かりそうだが、確かな手応えを感じる。

そして、信頼していた通りエリスが聖獣の尾からの攻撃を銃弾で止めてくれるので、とても助かる。

順調！　順調！　慢心は危険なことだが、いい感じだ。

戦いにおける流れを中衛のエリスに任せている。それによって、一人で戦うよりも負担が格段に減っている。武人たちがパーティーを組んで魔物と戦う理由がよくわかった。

彼女の援護は、攻撃だけじゃない。一つの青い魔力を帯びた銃弾が俺に当たった。

たちまち俺の姿と気配が消える。これは……バニシングバレットか⁉

本能的な攻撃しかできない聖獣にはもってこいだ。俺の姿が消えたことで、あれだけ振り回していた鋏の動きが止まった。

このチャンスを見逃さずに、攻撃していく。

尾の動きも標的が見えないために、迷いに迷って右に左に動いているだけだ。

エリスはそれを見るや、狙いを左鋏に変える。

俺はただひたすらに右鋏を攻撃すればいいようにしてくれたのだ。

ナイスだ。

それにロキシーもエリスが俺の援護をしやすいようにちゃんとダークネスを倒してくれている。

気のせいか……彼女の動きが良くなっているような感じだ。

もしかしたら、ダークネスを倒していくことでスフィア（経験値）を得て、レベルアップしているのかもしれない。

順調に戦いを進めることができている。精神統一スキルの効果がもうすぐ切れそうだ。

炎剣と化したグリードを振るって猛ラッシュを決めていく。

ビシッ。

砂漠の一帯に響き渡るほどの破砕音が聞こえた。

途端に右鋏が砂地に沈む。

あれだけ姿の視えない俺へ向けて、無我夢中に振り回していた鋏。今は垂れ下がって動かすことができないようだった。

『フェイト、完全に斬り落とせ！　再生されたら面倒だ！』

「わかってるって」

見かけによらず心配性のグリードが助言をしてくる。相変わらずだな。

しかし、それは彼からしたら俺がまだまだ頼りないからだろう。

聖獣の右鋏を斬り落とせば、少しは頼もしさが出るはずだ。

満足に動かせなくなったことによって、関節部分が狙いやすくなった。刃を食い込ませるようにすれば、そこから断ち切れそうだ。

振り上げた黒剣。渾身の力をもって、右腕の関節部分に斬撃する。

刃が食い込んだ瞬間、俺はとてつもない衝撃を受けた。

その勢いは凄まじく、中衛にいるエリスを飛び越えて、ロキシーがいる後衛まで吹き飛ばされてしまった。

「フェイ！」

彼女は俺の名を呼びながら、受け止めてくれた。

だが、思ったよりも勢いが強かったのだろう。

俺を受け止めたときの衝撃に耐える、呻き声が漏れていた。

「ありがとう。大丈夫？」

「はい。それよりもフェイは？」

「俺はロキシーのおかげで、この通りさ」

元気なところを見せて彼女を安心させる。そして、問題の聖獣を見据えた。

赤い外骨格に、黒い紋様が浮かび上がっている。それは父さんの顔に浮き上がっていたものと似ていた。

「なんだ……」

「フェイ、見てください！　ダークネスたちが⁉」

ロキシーが屠《ほふ》っていた無数のダークネスたちが、一斉に聖獣へ向かい始めていたのだ。

何が起こっているのか、何が起ころうとしているのか、まったくわからない俺たちは、事態を見守るばかりだった。

その中でエリスだけが、声を上げる。

「これは……まずいよ。まさか……自我を失っているくせに……。フェイト、ロキシー。ダークネスをすべて倒すんだ。聖獣に近づけてはいけない」

「どういうことだ？」

俺たちは手当たり次第、ダークネスを倒しながらエリスに合流する。

暴食スキルの魂捕食を知らせる無機質な声を聞きながら、もう一度彼女に確認する。

「聖獣がダークネスを喰らおうとしているんだよ」

「はっ⁉　まるで暴食スキルみたいじゃないか？」

「君のとは違うよ。あれは単なる食事みたいなものさ」

「それって……」

話しながらもダークネスを倒していく。

しかし、いくら倒しても砂の中からいくらでも湧いてくるのだ。

俺たちがこの砂漠へ訪れるまでの間に、信じられないほどのサンドマンを仲間へ引き入れたようだ。

クッ……。

ステータスがEの領域に達していないダークネスでも、数百匹も倒していけば、塵も積もれば山となる。俺の中にいる暴食スキルを断続的に刺激してしまう。

案の定、抑え込んでいた暴食スキルが蠢き出す。俺の心を守ってくれているルナも、これ以上はやめた方がよいと言っているような気がした。

折り重なるようにダークネスたちが聖獣へ溶け込んでいく。

まるで水が綿に染み込むようだった。

「食事というか、取り込んでいる感じですね」

「ああ……」

津波のようなダークネスの進行が止まったとき、そこに完全回復した聖獣が鎮座《ちんざ》していた。

それも、先程までとは打って変わって、凄まじいプレッシャーを放っている。

赤い外骨格には、はっきりとした紋様が現れている。

そして、聖獣ゾディアック・スコーピオンの巨大な体の上には、神々しい光の輪が浮かんでいた。

あまりに神聖な輝きに、神と見紛うほどだった。

「これは……かなりまずいね。あははっ……」

そう言って力なく笑うのはエリスだ。

姿を変えた聖獣が放ったプレッシャー。それによって、エリスの顔色が見る見るうちに悪くなっていった。

彼女は俺達の前では戦う気満々な様子を見せていた。だけど、戦いの前から調子が悪そうだった。

寄り添ってエリスを支える。これでは戦える状態ではないだろう。

見かねたグリードが、苦虫を噛みつぶしたような声で言ってくる。

『どうやらトラウマ発動だな。元々この女はライブラとなにかがあったようだから、聖獣とも嫌な思い出の一つや二つあるのだろうさ。俺様からすると、そんな状況でよく戦ったというところか』

「そっか……。中衛が崩れたらもう」

『戦えないな。今回の戦いの流れを作っていたのはエリスだ。ここは一旦退避しろ』

「退避って」

逃げるにしても、どこへ行けばいい？　あの聖獣は完全に俺たちを倒す気だ。

そのために大量のダークネスを取り込んだのだから。

それに聖獣の瞳は、しっかりとこちらを見据えている。

逃げれば必ず追ってくるだろう。そうなるとリシュアたちがいる街へは帰れない。

この広い砂漠を彷徨《さまよ》いながら、逃げ続けることになってしまう。その間にエリスが持ち直してくれるのを祈るしかない。

聖獣の出方を窺いながら、これからと考えていると……。じっと俺を見つめるロキシーの視線に気がついた。

「どうしたの？」

「いえ……そのごめんなさい。私にもっと力があれば……」

俺はそんなことで心配させないように微笑みながら、頭を横に振ってみせる。

「ロキシーは、約束通りのことをしっかりとしてくれたよ。なのに、それ以上のことを言うなんてさ。そっちの方がおかしいよ」

「でも」

「ここは聖獣からなるべく遠くへ離れよう。態勢を立て直してから戦えばいいさ。行こう！」

エリスを抱き上げて、ふと後ろを振り返る。

えっ⁉

動き出した気配をまったく感じなかったからだ。今も静かにあの場所にいると思っていた。

だが、いるはずの聖獣はそこにはいなかった。

最初に索敵したのは相棒のグリードだった。

『フェイト、下だ！』

「くっ!! なに!?」

砂の下から無音で巨大な鋏が現れた。まさか音も無しにそんな芸当ができるなんて予想できなかったから、反応が完全に遅れてしまった。

回避はできない。俺はエリスとロキシーを後方へ突き飛ばす。

そうしている間にも、聖獣の鋏は俺を確実に真っ二つにしようとしている。

飛び上がりながら黒剣で鋏を斬り付けて身を反らす。

やはり回避は難しく、横腹を抉られてしまった。

内臓までは持っていかれていないのがせめてもの救いだ。俺には自動回復スキルと自動回復ブーストスキルの二つがある。これくらいの傷なら数十秒で完治する。

だが、砂から飛び出したもう一つの鋏は待ってくれないようだった。

「フェイッ!」

「来るなっ」

ロキシーが俺の加勢をしようと立ち上がる。だけど、彼女のステータスでは、Eの領域にいる聖獣とは戦えない。

優しいロキシーの性格なら、それがわかっていても無茶をしかねなかったので、強めの口調で言ってしまった。

まあ、その件については謝ればいいさ。

これをどうにかできた後で……。

迫りくる鋏を見ながら思う。

回復が間に合わない。ギリギリで正面から鋏を受けるしかない。

未だ踏ん張りが利かないが、持てる力をもって黒剣を強く握りしめる。

「えっ……」

迫りくる鋏は、俺に届くことはなかった。

俺と聖獣との間に、誰かが割って入ってきたのだ。

その人は黒槍で、Eの領域にある聖獣を容易《たやす》く受け止めて見せていた。

幼い頃から見慣れた大きな背中。俺にとって憧れだった背中だ。

「父さん!?」

「まったく、あのときからフェイトは変わっていないな。ダメだと言っても、言うことを聞きやしない。そういうところは……母さん譲りだな」

聖獣の鋏を振り払うと、横顔を俺に向けて困ったように笑ってみせる。

「世話の焼ける子供だ。まだ戦えるなら、俺に付いてこい」

「……」

何も言えずにいる俺を無視して、父さんは続ける。

「どうする？　フェイト」

挑発するような口ぶりだ。懐かしい……。

そう言われては、昔を思い出して忘れていた対抗心が蘇ってくる。

父さんはいつもそう言って、俺の対抗心を煽《あお》るようなことをしてきた。だから、父さんのようになりたくて、木の棒を片手に武人の真似事をよくしていた。

幼かった頃は、ただ父さんの背中を見ているだけだった俺も、今は違う。武人として、ここまで戦ってきたのだ。

父さんの行動理念がわからない。敵かもしれない。

だけど、今だけはあの昔と同じ……この背中を信じたい。

「わかった……やるさ」

俺は父さんの横に立つ。そして黒剣を構えると父さんは満足そうに笑う。

砂から這い出してきた聖獣は、父さんの登場にどことなく驚いているように見えた。

第16話　ディーンとフェイト

「いい子だ」

父さんは少しだけ嬉しそうに、俺の頭を撫でようとする。

その手を躱して、戦いの最中だというのに呑気な父さんに文句を言ってやる。

「俺はもうそんな……子供じゃない」

「ハハハッ。そう思われたくなかったら、あの聖獣を一人で倒してもらいたいものだ」

「クッ……父さん！」

子供扱いされて、無性に腹が立ってしまう。

父さんが死んでから五年間、俺だって必死になって生きてきたんだ。

突然戻ってきて、空白の時間を何も知らないくせに……。昔と同じように接してくるなんて、ズルいと思ってしまった。

その気持ちすらも、父さんに見透かされてしまう。

「おいおい、そんな顔をするな。これから一緒に聖獣と戦おうとしているのに、これじゃ連携も取れないぞ」

「これでも強くなったんだ。父さんが思っている以上に」

「たしかに高いステータスだ。それは暴食スキルの力で得たものだろう？　そのスキルはお前の思っているようなものではない」

「それは……」

「倒した敵のステータスとスキルを得ることができる、見かけは非常に強力なスキルだ。しかし、その代償も要求される。フェイトは大罪スキルが何のために……誰のために存在しているのかを知っているか？」

父さんの問いに答えることができなかった。

それに対して、「そうか……」と父さんの小さな声が聞こえた。

その後は、会話をしている余裕がなくなってしまった。

聖獣が俺たちに向かって動き出したからだ。

俺は父さんとの初めての共闘に少しだけ緊張していた。

聖獣の鋏による攻撃にうまく反応することができずに遅れてしまう。

せっかく、脇腹の傷が回復したにもかかわらず、また同じ場所に当たる。

「フェイト！」

父さんは黒槍を地面に突き刺して、巨大な氷の刃を発生させる。それに聖獣は呑み込まれていく。

間一髪で、俺に攻撃は届かなかった。

「どうした？　向こうで彼女たちと一緒に休んでおくか？」

「クッ……」

黒剣を構え直して、氷の中から飛び出してきた聖獣に斬りかかる。

また使えるようになった《精神統一》スキルを発動。黒剣を炎剣に変えるために魔法を流し込む。

『また、炎弾魔法か？　芸がないな』

「違う。変異させる」

『暴食スキルの力を使いすぎるなよ』

炎弾魔法を変異させて、豪炎魔法へ昇華させる。

黒剣がまとう炎は、輝きを増して更に黄金色へ近づいていく。それと同時に、瞳が赤くなった右目から、一筋の血が流れ出した。

ラーファルとの戦いから、暴食スキルの力を使うと、目に見えて体に変調が起きるようになった。今は目から血が流れるだけだが、でも……その次にどうなってしまうのかはわからない。

それをライネに調べてもらっていた。だが、彼女が父さんと行動を共にしているため、診察は中断されている。

威力を更に底上げした炎剣と聖獣の鋏がぶつかった。

まだ斬れないか……。でも、この熱量で燃やしてやる。

炎は巨大な聖獣のすべてを包み込む。未熟な斬撃では届かなかった。

しかし、精神統一スキル、暴食スキルの変異によって強化された魔法はダメージが入ったようだった。

大きく身を左右に揺らして、炎を消そうとする聖獣。

それでは効果がないと本能的に理解した途端、砂の中へと潜り出した。

「そうはさせない」

父さんが続いて、黒槍を振るう。

どうやら、俺が攻撃している間に力を溜めていたようだった。

凍てつくような光を放ちながら、槍先は聖獣へ向けられる。

「凍れ」

無色透明な氷が聖獣を拘束するように一瞬で現れた。

これだけ大量の氷は、いくらなんでも大気から得られるものではない。

氷を召喚したと言えるだろう。俺はこの高い魔力を帯びた氷を知っている。

黒剣でただ斬るだけでは、破壊不可能だったものだ。

高温で熱せられてから、瞬時に凍る。その急激な温度変化によって、聖獣の外骨格に無数の亀裂が生じたのだ。

『やるじゃないか、フェイト！　狙っていたのか？』

「うっ……まあな」

あまり褒めないグリードに言われて、とりあえずそういうことにしておく。

なるほどな……そんなこともあるんだな。勉強になった。

動けなくなった聖獣へ向けて、俺と父さんは追撃する。

「フェイト、尾の針に気をつけろ」

「言われなくても」

「鋏や尾に構うな。あれはいくらでも再生する、トカゲの尻尾みたいなものだ」

俺とエリス、ロキシーで戦った戦法とはまったく真逆だった。

俺たちは邪魔な鋏と尾から攻撃をしていたからだ。

結局聖獣は、ダークネスを吸収することでいとも簡単に治ってしまった。

父さんは聖獣に詳しい……。

「尾の毒だけは気をつけろ。あの毒は僅かな量で俺すらも屠る」

「ああ、わかった」

まるで自分が毒をもらったことがあるような、苦々しい口ぶりだった。

俺が炎剣をひび割れた胴体に突き刺す。手応えを感じる。

途端に聖獣が身を捩《よじ》ろうとする。しかし氷の拘束によって、逃げることが許されない。

「無様だな、スノウよ。あのときの借りはここで返す」

父さんはそう口ずさむと、魔力を込めた黒槍を胴体に突き立てる。

その威力は俺の攻撃と比べるまでもなく、歴然であった。

なにせ、あれだけ巨大だった聖獣の胴体が、くの字に大きく曲がってしまったのだから。

しかもその衝撃で、氷の拘束すらも壊れてしまった。

無残にも聖獣の鋏と尾は千切れていた。

父さんが放った攻撃と氷の拘束によって引っ張られたからだろう。

強い……。しかも父さんは本気で戦っているように見えなかった。

聖獣は深手を負っているようで、まともに動くこともできない。

それでも父さんは止まらない。黒槍を構えて、鋭く聖獣の横腹へ叩き込む。

「こんなものか……スノウ」

轟音を立てながら、砂の上を転がっていく。

あの様子なら、もう聖獣に戦う力は残っていないだろう。

俺も父さんに続いて、聖獣を追っていると、異変が起こった。

巨大な聖獣が忽然《こつぜん》と消えたのだ。

「えっ」

驚く俺を置いて、父さんは悠々と歩いていく。

そして、立ち止まった先には赤い髪をした少女が一人倒れていた。

体中に無数の傷があり、所々で出血していた。

まさか、聖獣が人間（？）だとは思わなかった。

父さんはその少女の側まで行き、黒槍を振り上げる。

「その幼い姿……やはり相当に力を失っているようだ。もう一度、向こう側に行っていろ」

狙いは心臓。確実に殺す気だ。無表情で振り下ろされた黒槍。

次の瞬間……俺はそれを黒剣で止めてしまっていた。

「フェイト、何のつもりだ？」

「父さん……」

火花を上げながら、せめぎ合う黒槍と黒剣。

父さんに向けて、首を横に振る。

俺にはどうしても、少女の顔を見てしまった以上、とどめを刺すことができなかったからだ。

「泣いている子を殺すことなんてできない。見過ごすこともできない」

彼女は瞑った目の間から、涙を流していた。それは命乞いではない。

理性を失い暴れて、戦いによって意識も失っている者が、そのような涙を流せるのだろうか。

しばらくの間、父さんとの睨み合いが続いた。

「好きにしろ」

諦めた声と共に黒槍の重みは消えた。

父さんは去り際後ろを振り向きながら、俺に言う。

「お前のそういうところは、本当に母さん譲りだな。そいつの名前はスノウ。彼の地への扉の影響で、俺と同じように復活できたみたいだな。どうやら戦った感触では大半の力を失っているようだ。その影響か、おそらく暴走してしまったのだろう。だが、言っておくぞ。フェイト……聖獣はお前にとって敵だ。それだけは肝に銘じておけ」

父さんは俺の言葉を待たずに立ち去っていく。途中、エリスを介抱しているロキシーの側に寄って、何かを話していた。

そして、しばらくして父さんは砂漠から姿を消した。

俺はスノウという赤髪の少女の横に腰を下ろす。

戦いの疲れもあり、熱くなった体を冷たい夜風に当てて休ませる。

聖獣との戦いが終わったことによって、あれほどたくさんいたダークネスたちも、いなくなっていた。聞こえるのは砂が風によって流される音だけだ。

呼吸が落ち着いたところで、ロキシーが俺の所にエリスを連れてやってきた。

「フェイ、大丈夫ですか？」

「ああ、この通り元気だよ。エリスは？」

「落ち着いていますが……あまりいいとは」

「そっか」

ロキシーは目線を俺から、赤髪の少女へと向ける。

訊きたいことはおよそわかるので、俺の方から説明する。

「さっき戦っていた聖獣、この子はスノウという名前らしい。そしてどうやら父さんの知り合いみたいなんだ」

「私も遠目から見ていました。まさか……人間の姿になってしまうなんて。しかもこのように幼い子が……」

「見た目が幼いだけで、中身はどうかはわからないよ。マインだってああ見えて、年長者だし」

俺はロキシーにエリスを連れて先に、リシュアの屋敷に戻るように言った。

さすがに意識を失っているスノウを連れて戻るわけにはいかなかったからだ。

目覚めて、また聖獣にでもなられたら都市は壊滅するだろう。

「ここで一晩明かして、スノウが目覚めるのを待つよ。もし、言葉が通じて友好的なら都市に連れ帰る」

「もし、友好的でなかったら」

「それは……でもなんとかなるような気がするんだ」

聖獣のあの戦い方は、生存本能のようなものだった。そこに悪意を感じることはなかった。

気を失いながらも流していた涙からは、ロキシーが心配しているような危険性を連想できなかった。
どちらにせよ、父さんからスノウをかばった時点で決まっていた。
俺が責任を持って、彼女の面倒を見ないといけないってことだ。
グリードが《読心》スキルを介して、呆れながら言ってくる。
『お前の物好きにも困ったものだ。相手は聖獣だぞ！』
「責任は取るさ」
『その意味はわかって言っているんだろうな』
「ああ……十分理解している」
父さんもそれが伝わったから、スノウを見逃してくれたのだろう。
どうにもならないときが来たら、俺がちゃんとけじめをつける。
強大な力を持った聖獣だからこそ、口先だけでは許されない。
ロキシーたちが立ち去った砂漠で、静かにスノウが目覚めるのを待った。
そういえば、訊きそびれてしまった。ロキシーが父さんと何を話したのか。
いつもなら、こういったことは俺が訊くまでもなく、彼女の方から教えてくれる。
だけど今回ばかりは、何も伝えてくれなかった。

第17話　忘却のスノウ

燃えるような赤髪の少女。

次第に体中にあった傷が治っていく。これはまるで自動回復スキルのようにも見えた。

戦いのときは鑑定スキルによって、ステータスを確認できたけど、スキルまではわからなかった。

人間の姿の今ならどうだろうか？

物は試しだ。《鑑定》スキルを発動させて調べてみる。

「はぁ～……」

見かねたグリードから声がかかる。

『どうした。ため息をついて』

「マインのときと一緒だ。鑑定スキルがまったく通用しない」

アーロンに教わった鑑定スキルの無効化技ではない。あれは、スキル発動と同時に強い魔力を放って妨害するものだった。

　これは単純に見ることができないのだ。

　隠蔽スキルで隠しているわけでもない。なぜなら、あれはスキルのみを隠せるもので、更に言えば意識を失っていたら継続的に発動し続けられないからだ。

「これはもう……」

『鑑定スキルが通用しない生き物ってわけだな』

「生き物って言うな。グリードだって無機物って言われたら嫌だろ」

『ハハハッ！　珍しいな俺様の心配をしてくれるとはな。ならいいことを教えてやろう。俺様たちはこいつらを聖獣人と呼んでいた。大罪スキル保持者と聖獣人は、気が遠くなるほどの昔から因縁がある。あいつらにとって、俺様たちは家畜のようなものだったからな。その家畜に噛み付かれて、聖獣人たちはさぞ、慄《おのの》いたことだろうさ』

「もしかして、俺の前にいた暴食スキル保持者も、聖獣人たちと戦ったのか？」

『当たり前だ。あいつが始めた戦いだった』

　グリードは遠い昔を思い出すように、少しだけ嬉しそうだった。

　見上げた月から東に離れたところに、ふと見覚えがある星が目に入る。最近になって一段と光を強めてきたラプラスという名前の星だった。

グリードとこの星を見たのは……たしか、ガリアの緑の大渓谷に行こうとしていたときだ。あの星を見たら、なぜか暴食スキルが蠢いたのをよく覚えている。

そして今も見ると、やはり暴食スキルに動きが感じられた。何らかの影響があるのだろうか。

グリードは聖獣人との戦いは、俺の前にいた暴食スキル保持者が始めたと言った。

「なあ、聖獣人との戦いはどうなったんだ？」

もしかしたら、ラプラスの星を見ると、自分がこんなふうになってしまう理由の一端がわかるかもしれないし。それに戦いの決着を知りたかったのもある。

『この通りだ』

「はっ⁉　どういうことだよ」

グリードは横たわる聖獣人スノウのことを言っているのだろう。

でも、それだけではよくわからない。

『やれやれだ』

「なんだよ。困った子供のように扱うな！」

『おや？　父親に子供扱いされたのをまだ気にしているのか』

「そんなんじゃない」

『ムキになると、自分でそうでしたと言っているようなものだぞ』

このぉ!! 人が大事な話を訊いているっていうのに……。

『拗《す》ねるな、拗ねるな。戦いの結果は痛み分けというところだ。向こう側も多くを失ったし、こちら側も同じくらい失ったわけだ。あの戦いでは現状維持に成功したというところだろう』

「なぜ、スノウを見てこの通りと言ったんだ?」

『あの後、聖獣人同士で仲違いが起きたようだ。スノウを俺様たちは倒していない。それなのに彼の地への扉の力で蘇ってきた。この結果から見れば、そうなのだろう』

なるほどな……っていうか! これだけのことを『この通りだ』でまとめるやつがあるか!?

省略し過ぎで呆れた。

それにしても、聖獣人にとって俺たちは家畜か……。グリードの言うことが本当なら、大罪スキル保持者たちは、聖獣人たちの圧政から解放されるために戦ったらしい。

どうやら、その戦いの決着はついていないようだ。

今の問題は……この聖獣人同士で仲違いしたらしいというスノウだ。

どういう風に仲違いしていたんだろうか。

大罪スキル保持者と敵対する思想を持っていたら、かなり問題だ。

目覚めたところで、再び戦いとはならないことを望みたいところだが。

黒剣を握っていつでも戦えるように、気をつける。

敵か？　味方か？　との問いは、スノウが目を覚ましたところですべて裏切られてしまう。

彼女はゆっくりと目を開けると、仰向けに寝たままでずっと夜空を見続けていた。

そして開口一番で出てきた言葉は、

「ここ……どこ？」

敵意があるように見えなかった。瞳はまだ夢見心地のようで、どこか視点が定まっていない。彼女の口から出た言葉は、側にいた俺に向けているようだ。

「聖騎士リシュアが治めている領地内の、滅びの砂漠と呼ばれる所だ」

「滅びの砂漠……あなたは？」

「俺はフェイト・バルバトス。君はスノウっていうんだろ？」

「スノウ？」

自分の名前を呼ばれて、彼女は首を傾げる。

えっ!?　どういうことだ？　ものすごく悩んでいるぞ。

「私がスノウ？　う～ん……」

「もしかして、自分の名前がわからないのか？」

「……うん。何もわからない」

「名前以外の記憶も無いのか」

「うん！　なんにも覚えてない！」

無邪気な笑顔で言われても困るんだけどな。

ええっと、どうするんだ。

無理かもしれないが、スノウに触って《読心》スキルを発動させる。心を読まれる側の彼女は何をされるのかわかっていないようで、されるがままだった。

やっぱり鑑定スキルと同じで、スノウに効果がない。

困った俺はグリードに相談してみる。

「どう思う？」

『俺様の見立てでも、スノウが嘘をついているように見えないな。試しに触れさせて、スノウに受け答えさせてみろ。心拍の変化で嘘をついているのかを判断してやる』

「わかった」

素直な少女――スノウは俺の言う通りにグリードの柄の部分を少しだけ触って、俺の質問に答えていった。

結果をグリードに訊いてみたが、嘘偽りないという返事だった。

『まったく変化がなかった』

「嘘はついていないというわけか……記憶喪失ってことだろ？」

『おそらく、そうらしいな。しかし、そういうことなら暴走状態だったのも説明がつく』

父さんは言っていた。不完全な状態で復活してしまったと。

そのせいで記憶を失って、力の制御ができずに暴走してしまったのかもしれない。

記憶喪失か……。この状態では敵か、味方か、安全か、危険か……なんて判断できそうにない。

『どうする？　置いていくか？』

「それはできない。また暴走させないためにも、連れて帰るよ」

『言うと思ったぜ。なら、帰るか！　俺様の手入れをしないといけないしな』

「グリードって見かけによらず、綺麗好きだよな」

『最高な剣には、然るべき待遇が必要なのだ！』

出会ったときには薄汚れていたくせに、よく言うな。

俺は未だに横たわるスノウを抱き上げた。

彼女は抵抗することなく、俺に身を任せる。

この子もグリード以上に汚れているな。

帰ったら、リシュアに頼んで風呂を用意してもらった方が良さそうだ。

静かになった砂漠を歩いていく。

スノウは俺の腕の中で、無言で風で流れる砂を見つめていた。

表面上の傷は治ったみたいだが、体を元気に動かすまでには至っていないみたいだった。

それに、父さんと一緒に聖獣の姿をした彼女をボコボコにしたのだ。

砂漠を荒らしていたところを差し引いても、少々後ろめたさが頭を過《よぎ》ってしまう。

そういったこともあって、スノウに自分の足で歩くようにとは言えなかった。

やっと都市が見えてきて、さらに進んでいくと外門に人の姿があった。

どうやらロキシーが出迎えるために、外門で待ってくれていたようだった。

「よかった。うまくいったようですね」

「なんとかね」

ロキシーはスノウを見ながら、ニッコリと笑った。そしてバツの悪そうな顔をしながら言う。

「実はここから、もし戦闘が起きたときのために見張っていたんです」

「気を使わせてしまってごめん。この通り、彼女には敵意は無いよ。今のところね」

「今のところとは？」

俺はスノウが記憶喪失だということを話した。

それによって本来の彼女の思考は失われている。そのために、どう判断していいのかは保留にしているといった具合だ。

「わかりました。フェイとグリードさんを信じます。それで……よければスノウちゃんに紹介していただきたいのですが……」

「いいよ。スノウ、俺の仲間のロキシーだ」

「よろしくお願いしますね。記憶喪失ということで大変だと思いますが、困ったことがありましたら言ってくださいね」

俺は知っている。ロキシーは子供好きなのだ。

好かれるかどうかは別問題なのだが、とにかく困った状況下に置かれている子供を見ると……特に彼女の中の何かが刺激されるのだろう。

以前、王都で迷子を見つけたときには、何とかしようと気迫に満ちた顔で迫っていったら、子供を泣かせていた。

そう……今もそのときと同じ顔をしている。

まあ、それに対するスノウの反応は予測できてしまう。

「怖い！　フェイト、助けて！」

ほら、来た！　再びである。この後のロキシーの反応もまたわかってしまう。

「えええっ⁉　私が怖い……ですか」

酷くショックを受けて、ショボーンとするのだ。

これは……落ち込んでいるな。聖獣戦で疲れているというのに、さらに追い込まれている感じだ。

「どうして……私は子供に恐れられるのでしょうか？」

「俺に訊かれても」

「フェイはズルいです。いつもいつも子供にすぐに好かれるんですから、本当にズルいです」

恨めしそうに俺を見つめてくるロキシー。

その姿が余計に怖さを助長しているように見えなくもない。

仕方ない、ここは俺からスノウにロキシーに歩み寄ってもらえるようにするしかないか。

これから旅を一緒にすることになりそうだし。

「スノウ。よく聞くんだ」

「なにを？」

「ロキシーは怖い人じゃない。今はちょっと怖いかもしれないけど、本当は優しい人なんだぞ」

「そうなの？」

俺に抱きついたまま、怖がっていたスノウ。

なんとか、話を聞いてくれそうだ。彼女はそっとロキシーの様子を眺めた。

「やっぱり怖い！」

「なっ……。フェイ……」

「俺は悪くないだろ」

希望の兆しを見せておいての再びの拒否。これはきついな。

上げて落とすのはよくない。心のダメージが通常の二倍以上になってしまうからな。

スノウはロキシーから隠れるようにギュッと俺に抱きつく。

仲良くなるまで案外時間がかかってしまうかもしれないぞ。

困り果てる俺。ロキシーからは、ジ～っと無言の圧力を感じていた。

この調子なら、エリスやメミルと会わせたらどうなることやら……。

う～ん、不安しかない。

第18話　事後報告

屋敷では、メミルとリシュアが出迎えてくれた。

「フェイト様、やりましたね」

「ありがとうございます！　これで領民たちが安心して生活が送れます」

喜んでくれつつも、すでに話をロキシーから聞いていたのだろう。俺にくっついている
スノウが気になって仕方ないみたいだ。

こういったことに興味津々なメミルは、もう我慢できませんと言わんばかりに訊いてくる。

「あのぅ……その子が例の？」

「そうだ。ここでは話しにくいから……。リシュア、部屋を貸してもらえるとありがたい」

「わかりました。こちらへ」

俺たちはリシュアに案内されて、応接室へ歩いていく。

「スノウちゃん、こっちにおいで！」

「嫌っ！」

「くぅ～、また失敗しました」

俺の横では、ロキシーがスノウと仲良くなりたくて話しかけているが、効果はないようだ。

意に反してスノウの心証を悪くしているようにも感じられた。

それでも諦めないロキシー。うん、これは俺でもわかるぞ。

悪循環だ！

でも、スノウに嫌と言われながらも、頬を緩ませて喜んでいるのでいいとしておこう。

それを見たリシュアとメミルが、どう扱っていいのか困った顔をしていた。

賑やかな声と共にやっと応接室へ入った。そして席にも着かずに、メミルがすぐさま訊いてくる。

「その子が、滅びの砂漠で大暴れしていた聖獣なのですか？」

「ああ、その前に座って話そう」

俺はリシュアと向かい合う形で座り、膝の上にスノウがちょこんと乗ってきた。そして横の席にロキシーが腰掛けた。メミルはロキシーの向かい側だ。

「かなり大きな姿をしていたのに、今ではこんなに小さいのですね。赤い髪がとても可愛いです」

「どうやら、これは本来の姿じゃないようだ。それに合わせて、記憶も失っている。目を覚ましたときは、自分の名前すらよくわかっていないみたいだった」

「そうなんですか。彼女も彼の地への扉が影響して、復活してしまったのですか？」

「らしいな。グリードはスノウのことを聖獣人と呼んでいた。かなり昔から生きていた存在だったみたいだ」

「聖獣人ですか……どれどれ、私にじっくりと見せてください」

「おいこら！　強引だと嫌がられるぞ」

ロキシーの二の舞いだ。席を立ったメミルはスノウに飛びついた。

あまりの強引さに、これは……噛み付かれてもしかたない。

なんて思っていたら、スノウはメミルにされるがままだった。

「おおっ！　嫌がっていませんよ。懐かれています！　よしよし、いい子いい子」

「「えええっ⁉」」

俺もかなり驚いたが、それ以上に声を上げた人がいた。

もちろん、ロキシーだった。

おいおい、いくらなんでもメミルに懐くってどういうことだ。

得意げに、スノウを持ち上げては下げる動作を繰り返して、楽しんでいる。

それを見せつけられたロキシーはたまったものではなかった。

椅子に寄りかかって、再びショボーンとしていた。精神的なダメージは思ったよりも大きく、ほぼ虫の息だ。

そんな中、黙っていたリシュアが、持ち上げられたスノウを見て声を上げた。

「皆さん、お静かにしてください！　スノウの服の下から見える……それはなんですか？」

「「「ん⁉」」」

必死になって指をさすリシュア。その先はスノウの下半身だった。

よく見てみると、服の下から尻尾みたいなものがチラリと見えた。

なんだ？　みんなで覗き込む。

「「「蠍の尻尾だ！」」」

うん、人間にはこのようなものは生えていない。間違いなく人間ではない。

グリードが言った通り、聖獣人という種族なのだろう。

見つかってしまったスノウはバツの悪そうな顔をしていた。

「私だけこんなのがあるから、恥ずかしくて隠しちゃった」

どうやら記憶を失って、不安だったスノウ。

そのため、俺と違って蠍の尾があることに気がついたときに、どうしたらいいのかわからなくなってしまったみたいだ。

メミルは大胆に手を突っ込んで、蠍の尾を触っていた。

「これは、硬いように見えて触り心地がいいです！　意外に温かいです」

「うぅぅ……」

「やめろって！」

幼い姿をしていても、スノウはEの領域だ。暴れだしたら、この屋敷などいとも容易く壊してしまうだろう。

俺はメミルに、座って大人しくしているように言いつける。

「いいところなのに、残念です」

「残念なのはお前の頭だ。問題が起こったら、責任をとってもらうからな」

「それは嫌なので……ここは大人しくしています」

これで一安心だ。ふぅ～、やれやれだ。

メミルに大事な尻尾を触られて、少々困っていたスノウも落ち着いてきたようだ。

話が進められると思っていたら、今度はロキシーが物欲しそうに俺たちを見ているではないか!?

「ど、どうしたんだ？」

「むむっ、それはこっちのセリフです。どうして……メミルはいいのですか？」

たしかにな。ロキシーは触らせてもらえなかった。それどころか、俺の後ろへ逃げる始末だ。

なのにメミルには、ほぼされるがままだった。

しかも、大事そうな尻尾まで嫌がりながらも触らせていた。

このことから導き出せるのは……。

「ロキシー様は嫌われているのでは」

「うっ」

俺よりも先に答えたのはリシュアだった。お淑やかな見た目に反して、結構辛口だな。

まさかの相手に言われてしまったロキシーはガックリと肩を落とす。

いやいや、俺はそういう事を言いたいのではない。

だが、今度はメミルが自分の考えを披露する。

「自分で言うのもおかしいですが、こう見えて子供から好かれません。そんな私が好かれるのは、フェイト様が関係しているのでしょう。おそらく、理由は私にフェイト様の匂いが付いているからでしょうか？」

「そっ、それはどういうことですか？」

ロキシーは眉をひそめながら、もっと詳しくと言ってくる。

それに対してメミルは胸を張ってドヤ顔をするのだ。

「それは一緒に寝ているからです。それでフェイト様の香りが移ってしまったのでしょう」

「なっ⁉」

それを聞いたロキシーが、涙目で俺の肩をポカポカと叩いて抗議してくる。

待ってくれ、それは違わないけど違うんだ。

「あれは俺の血を吸う行為で疲れて、そのまま一緒に寝てしまっているだけだろ。意味ありげに言うな！　ロキシーも落ち着いてくれ！」

「「はい……」」

こんなにも騒がしいのに、話題の中心のスノウは俺の膝の上で寝てしまったようだ。

可愛げな寝息を立てながら、時折体をわずかに動かしている。

戦闘による体のダメージがまだ残っていたのだろう。

俺たちがボコボコにしたからな……ゆっくりと寝てくださいとしか言えないな。

スノウの頭を撫でながら、ロキシーたちに言う。

「たぶんメミルに懐いているのは、俺の血を吸っていることが理由だろうな。俺がなぜ好かれているのかはわからないけどさ。俺の血を得ているメミルに、惹かれているんじゃないのかな」

「血ですか。なるほど……それなら納得がいきます。私だって何かとフェイにくっついていますから、フェイの香りはまとっているはずですし」

「理解してくれて、助かるよ」

俺はホッと胸を撫で下ろす。

さすがにロキシーはスノウに好かれたいからといって、メミルと同じように血を吸いたいとは言わないだろう。

だが、ロキシーが俺の首筋を見ながら何を考えていたかは、気づかなかったことにしておこう。

ともかく、滅びの砂漠で暴れていた聖獣……それを解決したことで、リシュアが治めている領地の安全はほとんど改善された。

念の為、この話し合いの後にダークネスが残っていないかを確認することになった。

俺もそれには参加するつもりだ。

暴食スキルの飢えを満たす目的もあるし、ステータスやスキルを得ておきたかったからだ。

扱えるかどうかは別にして、やはりステータスは高いほどいい。

それにスキルが多ければ、手数も増えるわけだ。

暴食スキルとの距離感だけはしっかりと気をつけておかなければいけないが、それ以外についてはメリットしかない。

父さんとの圧倒的な力の差を見せつけられた後では尚更だ。

話し合いの終わり際、リシュアがダークネスの残党狩りの前に、大浴場を利用したらどうかと提案してきた。

「皆さん、お疲れのようですから。一度汗を流してはどうでしょう。その後、残党狩りといきましょう。もちろんその戦いの場には私も参加します。ダークネスなら私も戦えそうですし」

「はいはい！　なら、私も参加したいです。実はお休み中のエリス様に、許可はとってあるんです！」

「準備がいいな」

「えっへん！　これでもバルバトス家のメイドですから！　主様のお役に立てるように日夜頑張っているのです。ですので、お疲れのロキシー様はお休みになっても大丈夫ですよ」

聖獣戦では置いてけぼりとなったメミルが、ここぞとばかりに言ってくる。

あのときは笑顔で見送ってくれていたが、本心では付いていきたかったのだろう。

めちゃくちゃ調子に乗っているのが、ちょっとイラッとする。

まあ、王都からメイドとしても仕事を頑張っていたし、たまにはいいだろう。

言われたロキシーの方は、「ぐぬぬぬ」といった感じだ。

「いえいえ、私もまだまだ戦えます。ダークネスについては、私の方がすでに実戦済みです。初心者のメミルにお教えしますよ。もちろん、手取り足取りです」

「ありがとうございます、ロキシー様。楽しみですね」

「フフフッ、私も楽しみですよ」

二人から何やら黒いオーラが立ち込めているぞ。

横にいるリシュアが、どう止めていいのかがわからずにオロオロしているじゃないか。

あげく困り果てて、俺を見つめてくるし。

ロキシーとメミルを止めろと⁉　ハハハッ……御冗談を……。

これはさっさと風呂に入った方がいいな。

「じゃあ、風呂に入ろうかな。リシュア、案内してくれるかな」

「はい、こちらです」

俺は眠っているスノウを抱えて、立ち上がろうとする。

すると、先程の「風呂」という言葉をスノウは聞いていたようで、声を上げる。

「お風呂！　私も入るぅ！」

「そうか、そうか」

「早く、早く！」

スノウのテンションが上がっているので急がないとな、暴れ出されたら大変だ！

そそくさと俺たちは部屋を出ていく。それを追いかけて、ロキシーとメミルが走ってくる。

「フェイ！」

「フェイト様！」

振り返ることはしない。

だって、背中ではしゃぐスノウのパワフルさにタジタジだからだ。

さすが……Eの領域だ。俺がマンツーマンで面倒を見ないと大変なことになるぞ。

すれ違う使用人は、賑やかな俺たちにびっくりして道を開けてくれる。

これほど、風呂に入ることで騒いでいる客人も珍しいのだろう。

そうこうするうちに、領主自らの案内によって、大浴場の前までやってきた。

「ここです。実は私が管理するようになって、大浴場だけは手直しをしたんです。前領主ランチェスターが使っていたお風呂は、ちょっとあれでしたので……」

その発言に対して賛同する女性陣たち。

うん、なるほど……ランチェスターは女性聖騎士たちから相当嫌われていたようだ。

この分なら、寝室や食堂などいろいろと改築されていそうだ。

さて、大浴場に入りますか！

第19話　華麗な大浴場

大浴場は男女にきちんと分かれていた。

別に混浴がよかったなんて思ってはいない。

俺にはロキシーたちと一緒に入るなんて恐れ多すぎる。

つい最近、ゴブリン・シャーマンによってロキシーと魂が入れ替わってしまった。

そのときだって、内心ではドギマギしてしまっていたからな。

あのときはロキシーの裸を見ないように細心の注意を払っていた。

これでも心意気は紳士なのだ。

服を脱いで、大浴場へ入る。

今回は片手にグリードも持っていた。いつもは置いてくるのだが、戦いの後はきれいに手入れをしないとうるさい黒剣なので　ついでに洗ってやろうと思ったからだ。

「広過ぎるだろう……」

思わず声に出てしまうほどだ。バルバトス家の屋敷のやっと改築された浴場の四倍近くあるぞ！

全力で泳いでも周りの迷惑にならないだろう。洗い場なんて、一度に四十人ほどは利用できそうだ。

『俺様にピッタリな風呂だな。これくらいじゃないと入った気にならないからな』

グリードはノリノリだが、あまりにも広いって！　リシュアが手直ししたとは言っていたけど、大幅に広く改築したのではないだろうか。

大人しそうに見えて、こだわる部分にはトコトンな性格なのかもしれないぞ。

「豪華な風呂だな。向こう側の壁が湯気で見えないって、初めてだよ」

『せっかく聖騎士、それも五大名家の一角になったというのに……。この貧乏性がっ！』

「こういった贅沢は性に合わないだけさ。俺のような人間には分不相応ってことは、自分でもよくわかっているんだ」

『フッ、お前がそう思うならそれでいいさ。しかし、せっかくの贅沢風呂だ。ここは楽しむべきだろう？』

「……だな」

湯船に浸かる前に、体に張り付いた砂を洗い流す。小さな砂ってどうしても服の隙間から入ってくるので面倒だ。

あまりに大きな風呂のため、俺の中の少年心が盛り上がってしまう。よって、大きくジャンプして飛び込んだ。

その結果思いの外、大きな水しぶきと音を立ててしまった。

『子供かっ！』

「俺一人だし、これくらいいいじゃないか」

グリードとああだこうだと言い合っていると、壁上から声が聞こえてきた。

「フェイ、飛び込みはダメですよ！」

「そのような子供じみた行為は、バルバトス家の当主としてみっともないです！」

「大事なお風呂ですから、節度ある行動でお願いします！」

おおっ⁉　ロキシー、メミル、リシュアの声が⁉

俺は声が聞こえてきた壁を見上げる。どうやら、この壁を仕切りにして大浴場を男湯と女湯として分けているようだ。

上の空間が開いているため、ああやって会話も可能みたいだ。

物は試しとばかりに、俺と離れることを嫌がっていたスノウの様子を訊いてみる。

「悪かったよ。次から気をつけるからさ。それとは別として、スノウは大人しくしているか？」

「静かなものですね」

懐いているらしいメミルから返事が来た。よかった、よかった。

女湯で大暴れされたら大変だし。

「ほら、スノウ。フェイト様が向こう側にいらっしゃいますよ」

「本当？　あの壁の向こうにいる？」

「ああ、いるぞ」

そう答えてやると、スノウの元気な声が返ってきた。

うんうん、いい感じだ。なんて思っていると⁉

「なら、そっちへ行くっ！」

「ふぁ⁉　何を⁉」

女性陣たちの悲鳴にも似た声と共に、女湯と男湯を隔てていた壁に大穴ができたのだ。

もちろん、それをやってのけたのはスノウだ。

ニコニコの笑顔で、俺に飛びついてきた。

「これで一緒！」

「なっ……なんてことを」

俺はポッカリと開いた大穴の先に目を向ける。

そこに、何一つまとっていない彼女たちが……いた。

「「「キャアアアアッ！」」」

すぐさま、後ろを向いたが彼女たちの裸が脳裏に焼き付いてしまった。あっという間に体温が上がっていくのを感じる。これは決してのぼせているわけではない。

「……すまない」

「いいえ、これは……スノウが壁を壊したからです。フェイが悪いわけではないです」

不可抗力とはいえ、裸を見てしまった。ロキシーからは許してもらえたが、

「酷いです。私の裸を見るなんて……」

「おい、声が笑っているぞ。絶対に遊んでいるだろう？」

「そんなことはないです。こうなったら、フェイト様と一緒に入るしかないですね」

「おかしいだろ。それなら素直に怒ってくれた方がいいって」

チラリと大穴を見ると、メミルは本気でこっちに来ていた。

まじかよ……。逃げようとするが、スノウがガッチリと俺に抱きついており、うまく体が動かせない。こんなときに、Eの領域の力を使うんじゃないって！

「フェイト……逃がさない」

「こんなときにお前もかっ！　スノウ」

逃げ場なし。男湯へ躊躇なく侵入してくるメミル。まるで、獲物を求める狩人のような目つきだ。

「さっきの恥じらいはどこに行った！」

「もう見られたことを考えていても仕方ありません。ここはフェイト様にも、同じ恥ずかしさを体験していただきます！」

「俺を困らせてそんなに楽しいか？」

「はい！」

良い返事だ。とても清々しいくらい……良い返事だった。

メミルは俺が困っているときに、とても生き生きしてくるんだよな。血を吸っているときとか、特にそれが出てくるのだ。

このままでは、メミルのペースに押し切られてしまう。

スノウによって身動きが取れないし。

そこへ現れたのはロキシーだ。

「待ちなさい、メミル！」

「これぱかりは嫌です。では、お先に」

「コラッ、待ちなさい」

どうやら、止められなかったようだ。

再び、彼女たちがいる方向を見ると、メミルを追って、裸のロキシーまでやってきているではないかっ⁉

状況は悪化の一途を辿っている。

「あわわわわ、ダメですよ。皆さん、このような場所ではダメです」

更に後ろから、半泣きになりながらリシュアまでやってきている。

様子を見るにこの状況を頭で処理できずに、とりあえず後を追ってきている感じだ。

「結局、みんなやってくるのかよ！」

俺の叫び声などは、彼女たちの水しぶきの音で容易くかき消されてしまう。

「フェイト様！」

「待ちなさいって言っているでしょ！」

「あわわわわ」

「みんな！　止まってくれぇ！」

止まるわけがなく……三人同時に俺に向かってきている。

そして、メミル、ロキシー、リシュアが飛び込んできた。

湯気を巻き上げながら、現れる大きな水柱。もう、無茶苦茶だ！

この後はゆっくりと風呂に入るなんて……できなかった。グリードなんか、俺の手から早々に離れてしまって、風呂の底で放置されていた。恨み節が聞こえてきそうだ。

まあ、あいつがある意味で一番風呂を楽しめたのかもしれないし、良しとしよう。

なんせ、俺たち全員は大騒ぎしてしまって、すっかりのぼせてしまったからだ。

フラフラになりながら、湯船の外へ出ようとしていると、頭上からよく知った声が聞こえた。

「君たち、何をやっているの？　寝ていたボクを置いて面白そうなことをしているじゃない」

「エリス……」

嘘だろ。こんなときに、こんなに弱りきったときに……よりにもよって一番危ない色欲さんが来てしまった。

こいつだけは、危ない！

あそこで茹だって浮いているメミルは半ば冗談だった。

だが、こいつはガチだ！　危険すぎる！

「それより、みんなのぼせてしまったんだ。引き上げてくれないか」

「よしっ」

「おおっ、助けてくれるのか！」

「ボクも参戦しよっ！」

なあああっ！　期待した俺が馬鹿だった。

ノリノリで体に巻いていたタオルを脱ぎ捨てる。

頭が朦朧《もうろう》としており、エリスの裸を見ている余裕すらない状態だ。

だが、僅かに残った思考を奮い立たせる。よく考えてみれば、エリス……お前が入ってきたのは男湯だよな。

その時点でもうすでにおかしいだろう。

初めから俺が入っている男湯に来る気満々だったわけだ。

「ちくしょう！」

「おやおや、嘆くほど嬉しいのかい？」

「なんていうポジティブシンキング！」

ダメだ。エリス相手では勝ち目がない。聖獣戦で満足に戦えなかったこともあってか
……かなりストレスが溜まっているようだ。

その鬱憤を俺で晴らそうというのか！

くそっ、助けとなるロキシーもリシュアものぼせて湯船を漂っている。

スノウは相変わらず俺にくっついているし。もう、これは地獄絵図だろう。

ダメ元で、スノウに訊いてみよう。

「助けてくれ」

「フェイト、のぼせてきた」

「それはそうだ!!」

ダメだ。まったくダメだ。

スノウはその言葉を残して俺から離れると、湯船を漂い出した。

「どうやら、聖獣人もああなってしまえば、こっちのもの。これでボクの天敵はいなくなったというわけだ」

「落ち着けって」

「大丈夫、大丈夫！　ボクがスッキリしたら、みんなを湯船から引き上げてあげるから……」

俺はエリスの声が遠のいていくのを感じた。

どうやら、俺も完全にのぼせてしまったようだ。

望み薄だけど、後はエリスにどうにかしてもらうしかない。

頼んだ。俺はエリスを信じているぞ。

＊

ひんやりとした物が頭の上に乗っている。

それが心地よくて、いつまでも眠っていたい。まどろみの中で、意識が段々とはっきりとしていく。

頬を撫でる温かい手が、対照的でまた気持ちよかった。

ゆっくりと目を開けると、俺は来客用の寝室に寝かされていた。

「やっと目が覚めたようだね。聖獣戦はかなり無理したから仕方ないね」

「エリス……運んでくれたんだ」

そう言うと、彼女は頬を膨らませて怒ってみせる。

「心外だな。これでもみんなを湯船から出して、メイドたちを呼んで服を着させて、寝室に運ばせたんだよ」

「ありがとう。なんだ……俺はてっきり」

「あははっ、いくらボクでもそれくらいはちゃんとしているよ。湯船でのぼせている娘たちをそのままにはしておけないよ」

「そっか。いろいろ言って悪かったよ」

するとエリスはニヤリと笑った。

「誰が、フェイトには何もしていないって言ったのかな？」

「なっ⁉」

小悪魔だ。窓から差し込む月の光によって、エリスはとても妖艶《ようえん》な雰囲気が出ていた。

「一体……何をしたんだ」

俺は唾を呑み込んで、エリスの返事を待った。

彼女は焦らしながら、一言一言を言っていく。

「ロキシーたちをメイドたちに連れていってもらった後、人払いをしてボクと裸のフェイトだけになった」

「それで？」

「だから、君を着替えさせる人がいなくなってしまったんだ」

人払いしたのはお前だろ！　なんで、どうしようもないって雰囲気で言うんだよ。

「ボクは君を湯船から引き上げて、タオルで全身を優しく拭いてあげて、丁寧に服を着せてあげたんだ。そして、慎重にここまで連れてきて、そっとベッドに寝させた。そのまま、ずっと君の寝顔を見ていたよ」

「……やりたい放題だな」

「礼はいらないよ。いろいろとボクが楽しめたしね」

「意味深な言い方はやめてくれ。どうせ、今言ったことしかしていないんだろ。なんだかんだ言って、エリスとも付き合いが長くなりつつあるんだ。そういうやつだってくらいわかるようになったよ」

テトラの夜景を見ながら、自分の過去の因縁について教えてくれたときに感じた。

エリスは普段飄々《ひょうひょう》としている。だけど、どんなに長い年月を生きてこようとも、己の弱さというしがらみからは抜け出せなかった。

俺は彼女からの告白を聞いて、自分と同じように弱さを持っているんだと安心できた。

そして、今まで以上に彼女の力になりたいとも思えたんだ。

その中で、俺もエリスをもっと知りたいという気持ちが大きくなった。

口ではいろいろと俺のことをからかうけど、ちゃんと考えてくれる人だってわかってきたのだ。

エリスは月の光によって、はっきりとわからないけど、僅かに照れているように見えた。

「光栄なことだね。でも、よかったよ。聖獣との……聖獣人との戦いに勝てて。ボクは足手まといになってしまったからさ。ごめんね」

「そのためのパーティーだろ。気にしてないよ」

「ありがとう、フェイト。ボクはまだ言っていなかったけど……」

その言葉の先はおおよその予想がついていた。

「エリスの因縁の敵……ライブラは、聖獣人なんだろ？　だから、先程の戦いで思い出して影響が出てしまったんだろ」

「察しが良いね。そういうこと。でもスノウはボクと何かあったわけではないんだ。というか、初めて会ったかな。聖獣人もいろいろといるらしいからね。あのときは純粋にスノウを通してライブラを思い出してしまったんだ」

「そっか……それなら安心したよ」

スノウとエリスが過去に何かあったのなら、共に行動することは難しいと思っていたからだ。

その不安要素がなくなったことはありがたい。

エリスはニッコリと笑った後、窓の外を見つめた。

「フェイト、今回の戦いで、君の父親に会ったときにわかってしまったよ。フェイトの父親は……」

「すまない。それは俺が直接父さんに訊きたいから」
俺はエリスが答えを言う前に遮《さえぎ》った。
息子として、これは父親であるディーン・グラファイトに訊かないといけないことだ。
エリスは納得してくれたようで、それ以上追及することはなかった。
しばらくして、彼女の口から滑り落ちるようにポロリと言葉が漏れた。
「君も思った以上に、まどろっこしい人生だったんだね」
俺はそのことに対して返事はしなかった。するまでもなかったからだ。
生まれる前から暴食スキルを得て、何かが始まっていたなんてさ。
きっと、母さんが病気で亡くなったのも……。
もしかしたら、幼い俺のために言った……父さんの優しい嘘かもしれない。
全部訊かないといけない。

第20話 没落した街

エリスと会話して、俺はすっかり目が冴えてしまった。

眠る気にもなれなかったので、ロキシーやメミルたちを置いて、滅びの砂漠に再度向かうことにした。

一緒にダークネスの残党を倒すと約束していたのに、それを破って申し訳ないと思う。

だけど目を覚ましても、聖獣との戦いによって高揚していた心はそのままだった。

要するに今すぐにでも一暴れしたかったのだ。

それはエリスも同じだったようだ。戦いで不甲斐ない自分を見せたことに苛立ちがあったのだろう。

というわけで、俺はエリスと一緒に砂漠のど真ん中に立っている。

「さあ、頑張ってみようか!」

「本当にやるのか……」

「だって、その方が早いよ」

俺は顔を引きつらせていた。理由は簡単だ。

エリスの大罪スキル――色欲スキルを使って、ダークネスを引き寄せるというものだった。

そしてフルパワーというのが、問題だった。

彼女が言うには、広大な滅びの砂漠にいるすべての魔物を呼び寄せるらしい。

残ったダークネス、そしてただの魔物……もしかしたら冠魔物もやってくるかもしれない。

それが俺たちを取り囲むように押し寄せるというのだ。

「じゃあ、行くよ。やってきた魔物やダークネスは君が喰らうんだよ。暴食スキルの力の見せどころだね」

「心の準備をするから、少し待ってくれ」

深呼吸して心を落ち着かせる。

だが、その最中に地平線の向こうから砂煙が立ち上り始めた。

「エリス……お前、やりやがったな」

「うん！　さぁ、頑張ってみようか！　ボクが手厚く支援射撃してあげるから」

エリスとしては、久しぶりに支援の感覚を取り戻したいようだった。そのための大量の魔物である。

俺たちを取り囲むように近づいてくる魔物たち。これはもう、ガリアのスタンピードに匹敵するぞ。

成り行きを見守っていたグリードも、気分が乗ってきているようだ。

弾むような声で俺に言ってくる。

『これほどの魔物の量は久しぶりだな。腕が鳴るな、フェイト！』

「自分は戦わないからって、いいご身分だな」

『ハハハッ、俺様は武器だからな。まあ、喰い過ぎ注意だな』

「わかっているって」

エリスが先手を取る。射撃を繰り返して、魔物を撃ち殺してチャージを溜めていく。

「バニシングバレットで君の気配を消すから、思う存分やってね」

すぐさま姿と気配を消す魔弾が撃ち込まれる。と同時に走り出した。

ダークネスや魔物を次々と斬り伏せる。

いつものように無機質な声が、ステータス上昇とスキルゲットを知らせてくれた。聞き慣れた声は終わることなく、繰り返し耳に届く。

そして、得たばかりの《風切魔法》スキルを発動させる。

Eの領域によって、魔法は通常よりもかなり底上げされるようだ。

ダークネスが使うと、かまいたちくらいの小規模攻撃だ。しかし、俺の場合は大竜巻くらいになってしまう。

その中に呑み込まれたダークネスや魔物は、あっという間に中で渦巻く風の刃で切り刻まれていく。

「こっちの方が効率がいいな」

『はしゃぐのはいいが、暴食スキルの方は大丈夫か？』

「グリードは心配性だな。相手はEの領域じゃないから、まだいける」

『なら……いいが』

なぜか聖獣戦から連戦だというのに、調子がいいのだ。

暴食スキルの力を引き出して無理やり鎮めたのにもかかわらずだ。いつもなら、メミルにすぐ血を吸ってもらって、大罪スキルの影響を相殺してもらうのだが……。

ここのところ、調子が良くなかったから、とても気分がいい。

もしかしたら、ルナが俺の中で更に力を貸してくれているのかもしれない。そうなら今度夢の中で会ったときに、お礼を言おう。

思うような戦いができて、次第にテンションも上がる。

格下相手に無双するのは、弱い者いじめをしているような感じもする。

しかし、敵は人間に被害を与えるものたちだ。

手を抜いても、いいことはない。

更にダークネスと魔物の群れに突っ込んでいく。そのとき、後ろから魔弾の支援を受けた。

ファランクスバレットかなとも思った。でも相手はEの領域に満たない。ステータス格差によって、攻撃は受け付けないから意味がない。

なぜエリスは魔弾を放ったのかと思いながら、ダークネスたちに斬り込む。

「なっ⁉　これは‼」

目の前にいる敵だけではなく、その後ろにいる何匹ものダークネスをまとめて屠ってしまった。

「攻撃威力と、範囲が拡大している⁉」

「フフフッ、これがレイジングバレットの能力だよ」

後ろを見ると、倒したダークネスの死骸の山の上にドヤ顔のエリスが立っていた。

「ボクのエンヴィーは支援を繰り返すことによって、熟練度が上がって新しい魔弾を覚えるんだ」

「なら、どんどん支援してくれ」

「いいよ。こう見えてボクは尽くす女だからね」

それを自分で言うのかよ。でもエリスらしい。

彼女も聖獣戦から立ち直ろうとしているようだった。

このレイジングバレットは、有能な支援魔弾だ。俺の精神統一スキルと合わせて使ったら、どうなることやら。更に暴食スキルの力を重ねると……考えただけでもワクワクしてしまう。

さすがに、この戦いでこれ以上の底上げはいらない。

元々、圧倒的に蹂躙《じゅうりん》している状態での、レイジングバレットだ。

ダークネスや魔物が、空気でも斬っているかのように容易く倒せている。

戦いが終わった頃には、色欲スキルで呼んだ敵はいなくなっていた。

これなら当分の間、魔物が湧くことはないだろう。

もちろん、彼の地への扉によって、エリスが倒した敵以外は復活することはない。

なぜなら、俺の暴食スキルがそのものたちの魂を喰らったからだ。

暴食スキルの牢獄によって、魂は永遠に囚われ続ける。そこは彼の地への扉の影響は受けないらしい。これはグリードから教えてもらったことでもあり、俺もそうだと感じている。

ダークネスや魔物の返り血を浴びて、ドロドロになってしまった。

エリスも後半は黒銃剣で接近戦の感覚を思い出そうとしていた。よって、俺と同じだ。

二人して、血だらけで本当に酷い姿だった。

「平和になったね」

にっこり笑うエリスは少しだけしおらしかった。

その後ろでは地平線の向こうから朝日が顔を出し始めていく。

その光景が、とても美しかった。これは……色欲スキルの影響なのだろうか。

血塗られた狂気に満ちた姿をしているのと表情とのアンバランスが、儚く見えてしまった。

エリスもマインと同じように、途方もない時間を生きてきた。

ひよっこの俺としては、彼女たちと肩を並べるのはまだまだ早いのかもしれない。それでも、俺の知らなかったエリスの一面を見られてよかったと思ったんだ。

「よしっ、任務完了！　帰ろっか、フェイト」

そう言ってエリスは抱きついてきた。

「うあっ、服の血が飛び散って目に入った！」

「気にしない、気にしない」

いつものエリスに戻ってしまったようで、困ったものだ。

先程みたいな感じだと、俺としてはドキドキしてしまうので、やっぱりこの方がいいか。

内心で思っていると、彼女は見透かすように言ってくる。

「おやおや、フェイトくん。鼓動が速いけど、どうしたのかな？」

「そっそれは、ついさっきまで戦っていたからさ」

「本当かな？　顔が赤いよ」

「くっ」

「あああぁ、もしかしてぇ？」

指摘されて顔を背ける。しかし、エリスは逃がさないとばかりに詰め寄ってきた。

ニタニタした顔が少々腹立たしい。

「なるほど、なるほど。うんうん」

「何がだよ」

たまらずにそう言うと、彼女は一層嬉しそうに微笑むのだった。

もう好きにしてくれ……。

血塗られた服には舞い上がる砂がよく貼り付く。このままだと、俺たちは砂をまとって、サンドマンになりかねない。

そうなる前に都市へ向けて、歩き出す。道中、エリスは上機嫌だった。

「二人っきりでの討伐は初めてだよね。張り切っちゃったよ。そのおかげで砂だらけのサンドマンだよ。でも、新しい支援魔弾をいくつか使えるようになったし、いい感じ！」

「えっ！　レイジングバレット以外にも使えるようになったの？　どんなの？」

「それは、秘密！　乞うご期待のお楽しみだよ」

教えてくれてもいいじゃないかと思うけど、良しとしよう。

扱うのはエリスだ。効果的な場面で的確に、新しい支援魔弾を使ってくれるだろう。聖獣との戦いや、先程のダークネスの残党狩りでも、ここぞというところでしっかりと支援してくれていた。

俺が彼女の戦い方にあれこれ言う必要はない。

パーティーなんだから、信じて戦うのみだ。

「ねぇ、フェイト」

「どうした？」

「ボクもちゃんと強くなろうと思う。まずは全盛期の頃に戻ることが先決だけどね。そして、あいつとの決着をつけるんだ」

エリスは聖獣人ライブラと決着をつけたいと言う。

俺にとってもそれは他人事ではない。父さんはライブラと関わり合いがあるらしい。

それにテトラでライブラと会ったときに、俺には友好的な態度を取っていた。

だが、理由がちゃんとあって、優先順位の高い目的が同じだからだ。

つまり彼の地への扉が開かれるのを防ぐまでということになる。

だから、もし解決したとしても、今度はライブラが俺たち大罪スキル保持者に襲いかかってくるかもしれない。

「そのときが来たら、いつでも力を貸すよ」

「ありがとうね、フェイト」

リシュアが管理する都市に戻った頃には、俺たちは大量の砂をまとってしまっていた。

そのおかげで門番の兵士たちにサンドマンに間違われてしまった。

二人して大笑いして、ロキシーたちには内緒にしようと決めた。

屋敷に戻った俺たちは、お互いの姿を見合って風呂に入ることにした。

「どうだい、砂だらけだし。さっぱりしておこうか？」

「一緒には入らないぞ」

「アハハっ、残念だったね。スノウが女湯と男湯の壁を破壊したので、混浴なのだよ」

「うっ！」

強制混浴となってしまいそうで、俺は身の危険を感じた。しかし、こんな姿でロキシーと一緒に魔導バイクに乗るわけにもいかず、エリスに大浴場へ連行されるのだった。

「ボクがキレイキレイしてあげるよ」

「やめろって！　こんなときだけEの領域の力を使うんじゃない」

「いいじゃん。ボクは真剣だからね」

「風呂くらい、ゆっくり入らせてくれ！」

「さあ、行くよ」

大浴場で散々引っ張り回されてしまった。しかし、さっぱりできたので良しとしよう。

魔導バイクへ乗り込む。

メミルやロキシーには、話もせずに討伐したことを少しだけ叱られてしまった。

「フェイはすぐに私に内緒でいろいろとしてしまうんですから」

「そうですよ。フェイト様とエリス様のお姿が見当たらないので、すごく心配したんですよ」

「申し訳ない……ごめん」

謝っていると、二人だけでヒソヒソと話し出した。一体……何を話しているんだ。

ドキドキしている俺の後ろで、エリスはニコニコ顔をしており、まるで他人事だった。

いいご身分だなと思っていると、ロキシーのとんでもない発言が聞こえてきた。

「次したら、フェイに首輪でも着けましょうかしら」

「うんうん、いい考えです」

「ちょっと待ってくれ！　俺は犬じゃないって」

狼狽える俺に二人は満足したようで、ニッコリと笑って「冗談です」と言ってくれた。

ああ〜、びっくりした。本気そうな日で俺の首筋を見ながら言っていたからな。

ダークネスの一掃は勝手にしてしまったけど、都市に住まう民を救うためだったので、最後は褒められた。

もちろん、領主のリシュアからは聖獣の件も含めて大変感謝された。

そして、どこかで恩返ししたいとまで言われてしまった。

俺は特に何もしなくてもいいと断った。

しかし、鼻息を荒くして興奮気味に言っていたので俺の話を聞いていたかは定かではない。

魔導バイクをひたすら、南に走らせる。

スノウが加わったことで、俺のバイクは三人乗りになっていた。

俺の前にスノウが座り、俺の後ろにロキシーだ。俺を間に挟むことで、スノウは落ち着いてバイクに乗れるみたいだった。

スノウはまだロキシーに慣れていないようだ。そのことにロキシーは静かに肩を落としていた。

メミルが運転する魔導バイクと並走しながら進んでいくと、たくさんの荷物を積んだ馬車とすれ違う。

「フェイ、なんでしょう？」

「普通じゃないな」

それもそのはず、北上する荷馬車の数が五台や十台という数ではない。何十台という数なのだ。

バイクを止めて、荷馬車の男に話を訊いてみる。

すると、彼は困った顔をしてこう言うのだ。

「この先にある荒れ地のオアシスに住んでいたんですが……ある若い男がやってきて街に大穴を開け始めたんです」

その男はとてつもない力を持っているようで、大地を抉って水源であるオアシスを干上がらせたらしい。そこは飲み水が無くなっては住めない、過酷な土地だった。

だから、こうやって新たな安住の地を探して北上しているという。

「エリス、彼らをリシュアの領地で保護できないかな」

「そうだね。一番近いのはそこしかないね。魔物の影響も無くなったことだし、じきに物流も回復するだろうし。いいんじゃないかな」

エリスは胸元から紙を一枚取り出すと、一筆書いて男に渡した。

「これをこの先にいる領主に渡すといい。しばらくの間は、君たち全員を保護してもらえる」

「ありがとうございます！　聖騎士様」

「うむ、ボクは違うんだけど、面倒だからいいかな」

女王様です、なんて言ったら、腰を抜かすかもしれない。

エリスの言う通り、大騒ぎになっては困る。ここは勘違いさせたままでいいだろう。

荷馬車の一行を見送りながら、俺たちは荒れ地のオアシスへ寄り道するかを話し合った。

グリードやエリスが言うには、彼の地への扉が開くまで時間はまだ十分あるという。

ロキシーとメミルからは困っている民を助けたいという意見。そして、荷馬車の男が言っていたオアシスを干上がらせた者の名を知ったとき、見過ごすわけにはいかなくなった。

ライブラ……エリスの因縁の相手であり、スノウと同じ聖獣人。

彼がなぜそのような行為をしているのかを知る必要があるだろう。

ふと荒れ地のオアシスという言葉で、思い出す場所があった。以前、ガリアに向けて旅をしていたときに、為す術もなくそのままにするしかなかった街のことだ。

そこは、都市喰いの魔物が潜むところだった。

第21話　都市喰いの魔物へ

荷馬車の一行と別れて、魔導バイクを走らせる。しばらくして、見えてきた緑の大地。

枯れた大地の中でポツンとある様相は、とても異質だった。

そこへ入っていくと、ほのかに甘い香りが漂い出した。これは以前に訪れたときと同じだ。

ただ違うのは……。

「もうここに住んでいる人たちは、ほとんどいないようですね」

バイクの後ろに座っているロキシーが、辺りの家々を眺めていた。

彼女の言う通りだ。

先程の避難していた人たちが出ていったことで、ここにもう賑やかさは無くなっている。

前回来たときは、豊かな大地の恩恵《おんけい》を生かして、様々な農作物が育てられていた。

またそれらは飼料として利用されており、たくさんの家畜も見かけていた。

しかし、バイクから降りて眺めると、大きく違っていた。

農地は荒れ果てており、しっかり育つのを待たずに無理やり収穫されている。家畜は一頭も見当たらない。それらが逃げ出さないように囲っていた柵《さく》は至る所で壊れていたりする。

「こないだ来たときと違って、見る影もないな」

「慌てて逃げ出した感じですね」

「そんな感じだな……」

ロキシーと街の情報を話し合っていると、バイクを止めたエリスとメミルもこちらへ歩いてきた。

彼女たちも俺たちと同じ感想だった。

「へぇ～、このような街があるなんて知らなかったよ。かなり最近できたんだろうね。今は街と言えるのかは、微妙だけどね」

「ですね。先程会った人たちが最後の避難者だったんでしょうか」

廃墟というには建物の見た目は新しいが、人の営みは感じられない。

俺たちが見ている街には、異様な静けさが広がっていた。

「どうしますか？　街にまだ残っている人を探して、話を訊いてみますか？」

「ああ、そうしよう。メミルとロキシー、頼めるかな？」

「「はい」」

彼女たち二人に任せて、俺は足にしがみついているスノウに視線を向ける。

なぜか、彼女は街に入ってから怖がり始めたのだ。

よく俺にくっついてくるので、いつものことだろうと思っていたが、スノウの震えが俺に伝わってきたことで、どうやら様子がおかしいと気がついた。

表情は普段と変わらないので、見た目からではわからない。

ロキシーたちにいらぬ心配をかけたくなかったので、まだこのことは話していなかった。

しかし、スノウの変調に気がついた人がいた。

「ねぇ、フェイト。彼女もボクと同じようだね」

「なかなかの洞察力だな」

力無く微笑んで応えたのはエリスだった。

彼女もライブラという名前を聞いてから、元気がなくなっていた。

このことは、ロキシーやメミルもわかっていたようだ。

だから、街の人への聞き込みの人選について、特になにか言うこともなかった。

「無理をするなよ。ライブラと会うのが辛いなら、ここにいてもいい」

「大丈夫……それより、スノウが気になるね」

「記憶は失っているはずなのに」

本能的に何かを感じとっているのかもしれない。

「でも、この様子ならこの子も、ライブラとの因縁がありそうだね」

「まあ、それがあったとしても……こんな状態だ。今は過去に何かあったことすら、本人はわかっていないみたいだ」

俺に抱きついて強張っているスノウを撫でていると、しばらくして彼女は落ち着いてきたようだった。

「よしっ、いい子だ。ロキシーたちの所へ行きたいんだけど、いいかな？」

「うん。怖いのがいる。気をつけて」

「ありがとう」

スノウと手を繋いで、頷く。

さて、ロキシーたちの所へ行こうか。

そう思っていると、

「フェイト様！」

住民を探しに行っていたメミルだ。

あのドヤ顔を見るにどうやらいい報告のようだ。

「数人、住民を見つけました」

「どこに？」

「この先にある大きな屋敷です。この街を取り仕切っている……というか取り仕切っていた家族です」

「わかった。案内してくれ」

メミルの後に付いて、俺たちは進んでいく。

その屋敷は街の中心付近にあるようだった。

途中、街路樹に囲まれた大通りを通ったのだが、ふと目に入った数本の木は枯れかけていた。

住民たちがいなくなってしまったことで、手入れしてもらえなくなったからだろうか。

それにしても、枯れるには早すぎるような気がする。

「どうしたんだい？　フェイト？」

横を歩くエリスが、声をかけてきた。

少し気にはなるが他愛もないことだし、彼女に言うほどでもないだろう。

「いや、なんでもない」

それよりも、この街の代表だった者へ話を訊く方が先決だろう。

「フェイト様、エリス様、早く！」

「ああ、わかった」

「今行くよ」

俺はスノウの手を引いて、メミルを追いかける。

そして、街の中心近くまでやってきた。

「ここは……」

「どうしたんだい？」

「この前に来たときにここに湖があったんだ」

俺が指差した方角。そこの地面はひび割れており、水を一滴も含んでいなかった。

「話に聞いていた通りだな」

干上がった湖を眺めながら、その水の特別な効力をみんなに説明する。

飲めば、体の傷や疲労などを癒やす力を持っていた。

さらには、作物に与えれば通常よりも早く育って、実りも良くなる。

いい事ずくめの水だった。

「なるほどね。そんな湖がなければ、この土地に住む利点も無くなってしまうね」

エリスは頷きながら、しばらく枯れた湖を眺めていた。

屋敷からロキシーが出てきたところで、湖の話はひとまず終わりとなる。

「皆さん、こちらです。この家の人たちの様子が急におかしくなってしまって」

「えっ⁉」

この屋敷に住んでいるのは、三人家族だという。

中へ入ってみると、広々とした玄関だ。

これだけの屋敷なら使用人たちを雇わないと、管理できないだろう。

ロキシーが聞いた話では、ここで働いていた者たちは今回の件で辞めてしまったそうだ。

長い廊下を歩いていく。その先の部屋に若い男が待っていた。

顔色が悪く、何らかの病気を患っていそうだった。

「僕はテッドといいます。この街の代表の息子です。まずは聖騎士様……このような場所にいらしていただき、ありがとうございます。見ての通り、もうここは街として機能していません。ですので、満足なおもてなしもできず、申し訳ありません」

「いや、それはいいよ」

それよりも俺たちは訊きたいことを口にした。

「まずは、えっと君の両親は？」

「先程倒れてしまいまして、寝室で寝かせております。ロキシー様に手伝っていただき、本当に助かりました」

ロキシーに目を向けると笑顔で返してくれる。

「私が見るに、段々と弱っているようです。この土地が原因かもしれません。都市喰いの魔物がなにかしているのか、それともライブラという男によって、何かが起ころうとしているのか。わかりませんが嫌な感じがします」

「たしかに……」

テッドの体調は今も少しずつ悪くなっているようだ。額に汗が滲んできている。

話を手短に済ませて、休ませた方がいいだろう。

「単刀直入に訊く。この街へやってきたという男は――ライブラはいつ頃来たんだ？」

「一ヶ月ほど前です。それから段々と湖の水が減っていきました。彼は僕たちに悪しきもの――魔物が地下深くにいる。早くこの街から出るようにと言いました。僕たちはその話を聞かずに、彼を追い払いました」

「えっと、一度はここから出ていったんだな」

「はい、その間も湖の水位は減っていきました。街の外は荒野です。あの水の不思議な力によって、生活を支えられていた住民たちは、見切りをつけて次々と出ていきました。そして、あの男――ライブラが戻ってきてから、湖の状況は一層深刻になってしまい」

「街のほとんどの住人が出ていったわけか？」

「はい。この街は僕ら以外に……あと十人くらいしかいません」

湖が枯れてしまって、もう作物も育てられないらしい。飲み水は今溜めているものでどうにか凌いでいるという。

俺たちの困惑していた表情から、言いたいことがわかってしまったのだろう。

理由を訊く前にテッドから答えが返ってくる。

「そこまでして残る理由を知りたいという顔ですね。ここに残っている僕を含めた人たちは、この荒れ地のオアシスを初めに見つけた者たちなのです。元々、行き場がなく疲れ果てていた僕たちはこの場所を見つけられて、心底嬉しかった。そのときに僕たちは誓ったのです。どのようなことがあっても、この楽園から離れないと……」

「もう楽園ではなくなっているけど、それでも？」

「はい。どのようなことがあっても、離れるつもりはないです」

体に変調をきたしても、らしい。

それでも、ここから離れるべきだと言おうとしたら、エリスが俺の肩に手を置いた。

「フェイト、これ以上は説得しても無駄だよ」

「しかし……」

「君の言いたいことは正しいよ。だけど、彼らにとってはありがた迷惑ってやつさ」

エリスはテッドをまっすぐ見つめながら言う。

「いいんだね」

訊かれた彼は迷うことのない……変わることのない返事を答えた。

ため息を吐きながら、窓の外を眺めている。外の木々の色が変わっていくではないか。

青々とした葉が、生気を失って見る見るうちに枯れていく。

まるで時間を早送りにしたような感覚を覚えてしまう。

「地面を見ろ」

「これは……」

俺たちが急いで外へ出ると、干上がった湖に大きな亀裂が無数に走っていく。

それと共に大きな地震が起こった。

木々は倒れ、建物にヒビが入ってしまうほどだ。

「まさか、この魔力は……」

「誰かが地下で戦っているみたいだな」

一気に膨れ上がったプレッシャーを足元から感じる。

この街にライブラの姿や気配は感じられなかった。

だが間違いない。この魔力の感じはテトラで会ったときのライブラと同じものだ。

俺と手を繋いでいるスノウが強張っている。そして、彼女は地面を見ながら呟く。

「フェイト、来るよ」

「なっ⁉　みんな！　ここから離れろ！」

「フェイッ」

「フェイト様」

「これはなかなかだね」

飛び去った地面の下から、巨大な植物の根が飛び出してきたのだ。

あまりにも分厚すぎて、視界がそれで一杯になってしまうほどだ。

「メミル！　スノウを頼む！」

「はい」

「ロキシーは退路を確保してくれ」

「わかりました」

俺とエリスは、武器を手にして目の前の根を斬り払う。

『フェイト、斬りがいがある太さじゃないか』

「そんなことを言っている場合かよ。これって、都市喰いの魔物なのか？」

　この根は街中の至る所で、顔を出していた。

　斬るなんて無駄に思えるほどの数だった。

　黒剣で斬り払っても次から次へと根が伸びてきてきりがない。それに斬り口からたくさんの根が溢れてくるし。

『ああ、そうだ。これでも幼体だからまだ小さいがな。おそらく、ライブラが何かをして、暴れているんだろうな。それと、斬り払うのはまずそうだな』

「何で……おいおい、嘘だろ」

　斬り飛ばした根が蠢いており、そこから新たな根を出していたのだ。

　再生能力っていう次元じゃないぞ。

「こうなったら！」

　俺は黒剣に炎弾魔法を流し込んでやる。

　炎剣で再度攻撃を加えるが、

「まじかよ」

「木のくせに炎耐性をもっているみたいだね」

「燃えない木ってありかよ」

どうやら敵はEの領域ではないため、ロキシーやメミルでも攻撃はできる。

だが、圧倒的な再生能力を超えた分裂能力のようなものまで持っていては下手に戦えない。増えてしまって事態を悪化させてしまうからだ。

「これはちょっとまずいね。一旦、街の外へ退避する？」

「そうはいきそうにないかもな」

枝分かれした根が檻のように俺たちを取り囲んでいた。

攻撃は格下なのでダメージを受けない。

だからといって、こちらから攻撃できないのでは防戦一方となってしまう。

都市喰いの魔物についての情報が少なすぎる。グリードに確認しても、倒し方までは知らないようだった。

「攻撃を加えるしかないか……」

黒剣を握り締める。そして俺たちの前まで迫る根に向けて、振り下ろそうとしたとき、

『待て、フェイト』

「どうした？」

『様子がおかしい』

そう言われてすぐにはわからなかった。でも根の勢いが見る見るうちに無くなっていっ

た。

「枯れていく……違う。朽ちていく」

「フェイト」

あれほど、活発に地面から這い出していた根。

それが、砂のようにボロボロと崩れていくのだった。

エリスはその力に恐れ慄いている。

つまり、これをやったやつは……。

崩壊していく根たちの間から、一人の男が悠然とこちらへ歩いてくるのだった。

第22話　ライブラの力

「ライブラ！」

彼は俺に向けて、にっこりと笑う。

手に何も武器は持っておらず、戦う意思はないようだった。

しかし、彼から溢れ出る強大な魔力は、俺たちに好戦的なプレッシャーを与えてくる。

油断できない。

「やあ、フェイト。久しぶりだね……いや、そうでもないか」

「何をしたんだ？」

「見ての通りさ。この土地に潜む魔物退治。被害を最小限にするために、事前に住民たちに教えてやったりさ。これでも気を使ったんだよ」

「まだ、残っている人たちがいるぞ。それにこの魔物が危害を加えるのは百年以上先のはずだ。なぜ、こんなにも急に？」

「それを決めるのは彼らではないからさ。決めるのは僕だ」

　何を言っているんだ？　ライブラが決める？

「意味がわかっていない顔だね。いいよ、教えてあげる。君が言うように魔物が暴れ出す百年以上先まで待ったとする。そのときに彼らは誰に助けを求めるのかな。言っておくがそこまで育てば、Ｅの領域に容易く達しているだろう」

　ここは王国の管理がされていない土地。さらに聖騎士の領域ではないため、力のある武人は助けてくれないだろう。

　合わせて、魔物が暴れ出すまで何もされなければ、状況は悪化する。

「わかってくれたようだね。倒せるのは、君たち大罪スキル保持者か、僕のような人間だけだ。その上でよく考えてほしい。僕はこう見えて忙しい。限られた時間で、住民たちの事情には付き合ってはいられないんだ。そのときになったら助けてくれなんて都合が良すぎるんだよ」

「だから、今なのか？」

「ちゃんと避難する時間は与えたよ。今回はそれほど急を要する案件ではなかったからね。もう一度言うよ。それも含めて決めるのは僕だ。逆に訊こう。フェイトならこの魔物をどうできた？」

ライブラは、動かなくなった魔物を踏みつける。

それには特に何の感情も見受けられない。ただ、邪魔だったから踏みつけたように見えた。

「返事がないね。どうやら、先程の話から君はこの魔物を知っていたようだね。一度はここへ訪れて、この問題を知った上で何もできずに、この地を離れたんじゃないのか？　僕が言いたいのは、何もできなかったくせに、文句を言うなってことさ」

そう言いながら、俺の横を通り過ぎていくライブラ。

「ライブラ、待ちなさい」

「ほう……よく僕に話しかけられたね。ただの置物かと思っていたのに」

エリスがビクリと震えながらも、ライブラを睨んでいた。

「へぇ、そういう顔もできるようになったんだ。少しは強くなれたのか？　この国の王様ごっこをして気持ちが大きくなれたのかな？」

「ボクは……もう昔のボクじゃない！

黒銃剣を構えて、ライブラへ向ける。それに対して、彼は平然としていた。

「撃ちたければ、撃てばいい。だが、お前に果たしてそれができるのかな？　彼の地への扉が開かれようとしている今、僕と対立することがどれほど愚かな行為かということを理解すべきだ。僕をよく知っているお前ならね」

「くっ……」

手に持っていた黒銃剣の力が緩まったことに、ライブラはにっこりと笑う。

「いい子だ。お前は昔のように従順であるべきだ」

そして彼は俺に目を向けようとするが、間に飛び込んできた者によって阻まれた。

「やあ、スノウ。まさか……そのような姿になっているとはね」

「ギギギギギィッ」

メミルに預けていたはずのスノウが、俺を守るように手を広げていた。そしてライブラに対して唸って威嚇を続ける。

「そんなに怒らないでくれ。まったく、これじゃあ……僕が悪者みたいじゃないか」

「どっかに行け！　お前は嫌いだ！」

「記憶は無くしているくせに、散々な言われようだね。まあ、いいさ。本当はスノウを迎えに来たんだけど、しばらくはフェイトに預けておくよ」

ライブラは苦笑いしながら、俺に言う。

「もうこのような所で寄り道をしてはダメだよ。早くハウゼンへ」

「言われなくても」

「いい子だ。しかし、どのようなことがあっても、必ず彼の地への扉が開かれるのを止めるんだ。いいね、必ずだよ」

「わかっている」

「なら、安心したよ。もし、君が失敗したら、ハウゼンごと消滅させなければならなくなるからね」

無茶苦茶なことを言ってのけるライブラ。

俺は思わず、詰め寄ろうとしたがスノウによって止められた。

「ダメ、危険！」

「スノウはよくわかっているね。さあ、僕とこれ以上話していないで、ハウゼンへ向かいなさい」

そして、話は終わったとばかりに歩き始めた。

俺とすれ違ったときに、小声でそっと言ってくる。

「もっと強くなるんだフェイト。僕のためにね」

意味深な言葉を残して、ライブラが立ち去っていく。

最後に残ったのは、完全に死んでしまった街だけだった。

エリスが俺の側までやってきて、寄り添ってくる。

「やっぱり……まだボクにはこれくらいが精一杯みたい」

彼女の体は冷たくなっており、震えていた。ライブラとのトラウマを抱えた状態で、よくやったと思う。本当に怖いものが目の前にいたとき、人は声を出すことすらも難しい。

「エリスは十分頑張ったよ」

「……ありがとう」

俺ができることは、ライブラと戦うことじゃない。

街の被害は大きいけど、幸いにして住人たちは生き残っている。

合流したロキシーとメミルと共に、再度住人たちに会って、この街に潜んでいた魔物について説明した。そして、ここはもう人が住める土地ではなくなったことを納得してもらうのだった。

魔導バイクに乗り込む俺にロキシーが言う。

「よかったですね。あの人たちがここを離れることを納得してくれて」

「ああ……皮肉な話だよ。良くも悪くも地面から這い出した魔物が決め手になるなんてさ」

「人は口であれこれと言っていても、実際に起こったことには目を背けることはできませんから」

「身をもって命の危険を感じられれば、考え方も変わってしまうか……」

現金な人たちだと一蹴することもできる。

でも、彼らは持たざる者として、居場所がなく彷徨い続けて、この場所へやってきた経緯がある。

やっと見つけた楽園だ。離れることに恐れがあったのだろう。

そして、それを超える恐怖を味わったので、ここを離れることを決めたのだ。

「人はそれほど強くはないんです。私だって、そうです。聖騎士ですが、それはスキルによるものですから。でも、フェイトは強いです！」

「そうかな……俺はそんなふうに思ったことはないし」

「ガリアで天竜と戦っていたときのフェイトは、私の中ではすごかったです。負けてたまるかって感じで、追い詰められても諦めないところとか。王都でもそうでした」

「あははっ、ただ単に諦めが悪いだけだよ」

笑って言うが、それを聞いたロキシーは不満げだった。

拗ねるように言ってくる。

「いつもそうなんですから、まったく……」

「俺の話はそれくらいにして、この街にいる人も、リシュアの領地で預かってくれるみたいだからさ、一安心だ。でも一時的って話だから、ゆくゆくはハウゼンに受け入れられたらと思っている」

「ですね。なら、まずは！」

「ああ、マインの行方をハウゼンで調べる。そして彼の地への扉が開かれるのを止める。そうしたら、ハウゼンは安全になるからな」

魔導バイクを走らせる。待ってましたとばかり、スノウがノリノリではしゃぎ始める。

「速い！　楽しぃ！」

「掴まっていないと、落ちちゃうぞ」

「大丈夫！」

うん、たしかに大丈夫だろう。だって、彼女はEの領域のステータスを持っているし。

「じゃあ、もっとスピードを上げるぞ」

「わ〜い！」

「コラッ、フェイ！　調子に乗らない。エリス様からも言ってください」

隣を並走するエリスとメミル。今回の運転はエリスだ。

彼女は、何も言わずに微笑むばかりだった。

「エリス様！　どうしたんですか？」

「いやいや、今日は気分がいいんだよね。だから、フェイトの子供じみた行いなんて、目を瞑るよ」

「子供じみたってどういうことだ！」

そう訊いても、ニコニコするばかりだ。

おそらく、ライブラとの一件が絡んでいるのだろう。

彼を恐れて、今まで何も言えなかったエリスが初めて物言いができたのだ。

彼女としたら大きな一歩だったみたいだ。

ライブラは彼の地への扉が開かれるのを防げるなら、ハウゼンの消滅もいとわないと言っていた。

今すぐそれをしないのは、彼なりのルールがあるのだろう。

今回の都市喰いの魔物の一件から推測するに、ちゃんと猶予を与えるのだ。

そして、その期限に達すると有無を言わさずに、事を実行する。

そこに生きた人がいたとしても関係ない。

人の命よりも、目的を優先する。

「なあ、エリス。ライブラのことを訊いても大丈夫か？」

「いいよ。そんなことでボクに気を使う必要はないさ」

「そっか……。なら、教えてくれ。ライブラが都市喰いの魔物を枯らした力はどういったものなんだ？」

「あいつの力か……。ボクもはっきりとは知らないんだけど、命を操るらしい」

命を⁉　たしか……あの魔物は、命が吸われるように枯れていった。

もし操れるなら無敵に近いような能力だ。

そう思っていると、エリスに笑われてしまう。

「怖がっているのかい？」

「そんなことはないさ。それよりも、命を操るやつとどうやったら戦えるのかなって考えていただけさ」

「あははは、フェイトらしいね」

さらに大笑いされているのが癪《しゃく》に障るけど、エリスが元気になれるのなら良しとしよう。

「笑いたければ、笑えばいいさ」

「あはははははっ！」

「笑いすぎだ！」

やっぱり気に入らなくなって、エリスに文句を言ってやる。そんなことをしていると、とうとう俺たちの目的の地が見えてきた。

小高い丘に築かれた古城。その周りの高い壁。

長年、放置されていたことで、自然の力によって侵食されていた都市も今はしっかりと再建されている。

新生ハウゼンである。

「へぇ、これは綺麗になったものだね」

「うあぁ……以前に訪れたときとは見違えるようです」

「ここがバルバトス領ですか！　まだまだ復興中と聞いていましたけど、見た感じでは完璧ですね」

「外壁は魔物の進行を抑えるために必要だから、優先的に直したんだよ。城はまだいいって言ったんだけどさ。みんなが、都市のシンボルだからって聞かなくてさ」

塀の向こうにある街はこれからだ。建設中の住まいや、商店がたくさんある。

「フェイト！　早く！」

スノウも楽しみにしてくれているようだ。

再建に関わってきた一人として、嬉しい限りだ。

魔導バイクを走らせて、外門へ近づいていく。すぐ側まで来たところで、大きな音を立て門が開き始めたのだ。

おそらく、兵士たちが外を監視していて、俺たちに気がついてくれたのだろう。

そして門の中から兵士たちを伴って現れた男は、こちらへ向けて大きく手を振っていた。

「フェイト！　皆さん！　ようこそ、ハウゼンへ」

「セト！　久しぶりだな。調子はどうだ！」

「王都からの支援も受けられるようになったから、見ての通り順調さ」

そうセトは自信満々に言う。

彼とは故郷の一件から別れた後、再会を果たしてハウゼンの復興に協力をしてもらっている。

過去はいろいろとわだかまりもあったが、今は和解をしており、良き友人として俺の力になってくれていた。

再会の握手を交わしながら、今回の旅に同行してくれている仲間を紹介していく。

セトはまずロキシーがいることに大いに驚いていた。

そして予め手紙を送っていたが、メイド姿のメミルに目を丸くしていた。どうやら、元聖騎士様のメイド姿はかなり珍しいようだ。

そして、女王様であるエリスには飛び上がった後に跪いていた。

「エリス様！　このような汚い場所にお出《い》でいただき、光栄の至りです」

「おい！　こらっ！　ハウゼンをそういうふうに言うなよ」

「何を言うんだ、フェイト！　女王様だぞ。そのような高貴なお方に見せるのは、まだ早すぎるって！」

「落ち着けって、大丈夫だって。エリスは見た感じ高貴そうだけど、中身はそれほどじゃないから」

「フェイト！　酷いことを言うねっ」

痛《い》たたっ！　エリスに聞こえていたようで耳をつままれてしまった。

「フェイトの言い方は、問題ありだけど、気にすることはないよ。ボクとしても、ハウゼンが王都の技術提供でどれほどになっているかが気になるし」

「そう仰っていただき、助かります」

セトはエリスに許可をもらって、安心したようだった。

そして最後にスノウをじっと見ていた。しばらくして何かに思い当たったような顔をする。

「まさか！　フェイトの子供か⁉　お相手は……」

ロキシー、メミル、エリスを次々に見回していく。

「えっ!?」

「まぁ！」

「おおっ！」

お前……なんてことを言うんだ。

それに、セトがおかしなことを訊いているのに、どうしてみんな……すぐに否定しないんだ。

セトは俺たちの様子を見ながら、楽しそうに頷いていた。

「うんうん、なるほど……」

「もう、いい加減にしろ。この子はスノウ。リシュアが治めている領地で訳あって、連れて行くことになったんだ。理由はここでは話せない」

「訳ありか……。なら、城で話した方が良さそうだね。ちょうどこの前に内装を綺麗にしたんだよ。フェイトにも見てもらおうって、みんなで言っていたところさ」

一応……俺はバルバトス領の領主なんだけど。

まあ、セトたちには立場を抜きにして、接してほしいと言っているからな。彼なりの俺に対する冗談交じりの好意なのだろう。

「では、こちらへ。それと、フェイト。マインの件で、こちらでわかっていることについても話したい。その後でいいか？」

「ああ、問題ない」

頷くとセトは前を歩き始める。彼の案内で、外門を通って、ハウゼンの中へ入っていく。

マインは、この地で目撃されたという。彼の地への扉を開くために必要な何かが、ハウゼンにあるのだろうか。

止めるためには、彼女との戦いは決して避けられない予感がした。

番外編　ディーン・グラファイト

久しぶりの戦い……五年間ほど、冷たい土の下で眠りについていたが、まずまずといったところか。

息子と聖獣ゾディアック・スコーピオンとの戦闘――初めはただ見守るつもりだった。

しかし、気がつけば勝手に動き……共闘していた。俺もまた父親になってしまったのだなと、しみじみ思い知らされたものだ。

夜の砂漠を一人歩きながら、月を見上げる。

「それにしても、スノウまでも蘇ってしまったか……」

予想はしていた。しかし、あまりにも早すぎる。

幸いにも、不完全で復活したため彼女は記憶を失っていた。もし、完全体ならあれほど容易く勝ちを取れなかっただろう。

過去にスノウを殺したのは俺だ。そして、俺が死ぬに至った傷を負わせたのも彼女だった。

その因縁もあり、スノウには早々に退場していただこうと思っていたのだが……。フェイトがそれを許してくれなかった。妻に似て、優しい子だったために予想はしていた。

今のところ、記憶を失ったスノウがフェイトに懐いているなら、これ以上ない護衛となる。

良しとするしかないだろう。

俺と同じ力を宿す人ならざる者たち……その十三人を総称したゾディアックナイツ。身の内に眠る聖獣の力を解放すれば、たちまちにEの領域に達する。

元々、Eの領域は俺たちだけに与えられた力だ。これによって、ゾディアックナイツ間の力関係は安定していたはずだった。

しかし、十三人目のライブラが現れたことで、綻《ほころ》び始めた。

よりよく世界を管理するためという理由で、Eの領域の力を持った下僕を作り出していった。どこからその知識を得ているのか……全くもって不明で、得体のしれなさがあった。

しかし、世界の各地で頻発する争いを鎮めるためには効果的だった。当時の俺は人間よりの考えを持っていなかったこともあり、世界の安定のためなら犠牲を厭《いと》わなかった。

いや、むしろ進んでやっていた。

フェイトが昔の俺を知れば、決して許してはくれないだろう。

冷酷な俺を変えてくれたのは、妻だった。彼女はただの人間。いつもなら、目も留めない存在のはずだった。

それでも……彼女をひと目見ただけで、俺の価値観が一変してしまったのだ。

途方も無い時を生きてきたのに、初めての感情でひどく動揺したのを覚えている。

この気持ちは抑えることができず、彼女との間に許されざる命を授かってしまった。

フェイトは、聖獣人と人間との血を継いだ……初めての命だった。

その命を、他のゾディアックナイツたちが許すわけはなく、あてのない逃亡の旅となってしまったが。

たどり着いた辺境の村で、妻はフェイトを生んで死んだ。その時、俺は初めて涙というものを流した。そして、彼女の最後の言葉を胸に刻んだ。

「レスティア……今度こそはうまくやってみせる」

彼女の願いは俺が引き継ぎ、今も変わることもない。

俺は天啓に縛られているが、それさえも利用してやる。

砂漠の小高い丘に来たところで、女性の声がかかる。

「見守るつもりだったはず。なのに、フェイトに手を貸してしまったのね。息子のピンチは見すごせない？」

視界には全く何も見えない。気配も魔力も感じない。

俺は声がした方角へ向けて言う。

「ライネ、姿を現してくれ。話はそれからだ」

「あら、ごめんなさい」

そう言って、ライネは手早く羽織っていたマントを脱いだ。途端に、それまで居なかった姿が顕《あらわ》になる。相変わらず顔色が悪く、眠たそうに目の下には隈《くま》があった。

「これはいつ羽織っても素晴らしいわ。失われたガリアの技術」

「お気に召していただき光栄だね。待たせてしまったようで、すまない」

「別にいい。フェイトが死んでしまったら、何のためにあなたと一緒にいるか、わからなくなってしまうから」

「フェイトはいい友人を持ったようで、父親として鼻が高いな」

俺はライネが持っていた荷物を背負うと、砂漠を更に東へと歩き始める。

「歩くのが大変なら言ってくれ。君も背負うから」

「大丈夫、そのくらいの体力はある」

「なら、いいが」

横目で見るに、ライネは根っからの研究者らしく、運動が得意ではないようだ。

彼女は俺の思考に気がついたようで睨んでくる。

「言っておくけど、読心スキルが通用しなくても、微細な表情で大体のことは予想できる」

「スキルなしにわかってしまうか……すごいな」

「読心スキルがあるせいで、ずっと人の心が勝手に流れ込んできた。そのせいで顔を見れば、相手が何を考えているのかが、わかるようになっていた」

「それでか、嫌に大人しく俺についてくることを選んだのは」

「当たり。あなたの願いは本物だと確信したから協力することにした。それに、あなたにも興味がある」

ライネはじっと俺を見つめてきた。少しだけの付き合いだが、理由が手にとるようにわかってしまう。

「俺が人間ではないからか？」

そう訊くと、彼女は静かに頷いた。

「ずっと疑問だった。フェイトの身体検査をしたときから、ずっと。彼は暴食スキルによって、変質していた。だけど、明らかにそれだけではない特徴を持っていた。彼は元から人間だったのか……疑問に思っていた」

「そうか……」

俺たちは滅びの砂漠の最東にある広大な流砂に辿り着いた。

ゆっくりと音を立てて流れる様は圧巻である。二人でしばらく眺めていると、ライネは楽しそうに言うのだ。

「ディーンさん、この下に遺跡が？」

「ああ、下には巨大な空洞がある。それに砂が流れ込んでいるために、これほどの流砂が発生している」

「では、行きましょう」

ライネは俺に手を差し出してきた。ここから先は、さすがに強がりはできないようだ。

「素直でよろしい」

「私まで子供扱いしないで」

「これはこれは、失礼しました」

恭《うやうや》しく彼女の手を取り、流砂へ飛び込んだ。

やはり、ライネは研究者といったところか。流砂に飲み込まれているにもかかわらず、嬉々とした目を向けていた。この下にある遺跡への探究心のほうが、勝っているのだろう。

「抜けるまで息を止めておけ。できるな？」

頷いたライネを抱き寄せる。俺たちは砂に飲まれていった。

ザラザラとした重い苦しい時間が過ぎていく。真っ暗で、砂と砂が擦れる音が続く。

そして、急に体が軽くなった。

「抜けたぞ。もう大丈夫だ」

ライネは少しだけ砂が口に入ったようで、咳き込んでいた。しかし、流砂の下にあった遺跡を見て、それすらも忘れてしまったようだ。

「嘘……この遺跡は……」

「ああ、そのとおりだ」

「まだ生きている」

ここは地中に沈んだことで、雨や風による侵食を免《まぬが》れた。王都セイファートと同じく、真っ黒な様相をした建物が並ぶ。

外壁の所々で、赤い光の線が煌《きら》めいていた。

「そんなに口をぽっかり開けていると、舌を噛むぞ」

「むっ！　変なところを見ていないで、着地に備える！　ここはあなた頼り！」

「わかっているって。おいおい、空中で暴れるやつがあるか」

さて……久しぶりだな。ずっとしまったままだったが、飛び方までは忘れるわけもなかった。

背中から現れたそれを見て、またしてもライネは声を上げる。

「翼⁉」

「これが俺の特徴だ。他の奴らも、人とは違うものを持っている」

「まるで……天使ね」

「そんな大層なものじゃない。それよりも、下へ降りるぞ」

建物の間を旋回するように高度を下げていった。

ふわりと着地して、ライネを地面へ降ろしてやる。するとしゃがみ込んで、何やら観察し始めた。

「いきなりどうした？」

「ねぇ、ここは地下のはず。なのに地面に草が生えているわ。しかも見たことない新種」

「見ての通り、ここは遺跡が照明となって明るい。それと大昔にここは外界と隔離された。そのせいで植生が古代のままなのさ」

「生きた化石といったところというわけね。他にもたくさんありそうね」

「そのとおりだ。だがよそ見ばかりしてもらっては困るけどな」

「なるべく善処しとく」

そう言った側から、フラフラと引き寄せられるように、草の間から姿を見せた昆虫を手に取っていた。

俺は無言でライネの首根っこを掴んで、遺跡の前まで連れていく。

「はいはい、虫取りは後にしようか？」

「睨まない、睨まない。たまに浮き上がる顔の入れ墨で怖いのに、さらに怖いから。……ごめんなさい」

「よろしい。さあ、中へ入るか」

「遺跡が生きているのなら、部外者の侵入は難しいのでは？」

「こう見えても、そこそこの権限を持っているんだよ」

俺が大きなゲートの壁に手を触れると、静かに開き始めた。

「セイファートの軍事施設の一部でも取り入れている技術。権限を有した者の生体認証で開く」

「王都はガリアの技術流用が盛んそうだね。これからもっと多くの技術が取り入れられることだろう」

「あなたとしては、勝手に利用されるのが不服？」

「いや、むしろどんどんすればいいと思っている。技術に罪はないからさ」

開かれたゲートを通り、中へ入る。途方も無い時間、放置されていたにもかかわらず、清潔感があった。ここはあの時から、恐ろしいほど何も変わっていない。

コツコツという二人の足音が響くだけだった。

「ねぇ、少し訊いてもいい？」

「何を？」

ライネに顔を向けることなく、歩き続ける。

「フェイトはあなたと同じ力を受け継いでいるの？」

「生まれたときは持っていなかった。あの当時の俺はそう考えていた。だが、今は違う」

「それって？」

「持っていないと俺が勘違いしていたということだ。ただ発現できる条件が揃っていなかった。おそらく、人間の体では聖獣の力に耐えられなかったからだろう。皮肉にも暴食スキルによって、肉体と精神が強化されたことにより、その条件が整ったわけさ」

「彼からガリアの地で、暴食スキルが暴走寸前の状態まで陥ったと聞いた。だけど、不思議と収まったらしい。それって、聖獣の力が発現したと考えていいのかしら。少なくとも、フェイトはあのときに起こったことを、ロキシーによってもたらされた奇跡だと思っているわ」

「奇跡か……それは嘘ではないかもしれん。彼女が最後の心的トリガーを引いたのさ。それによってフェイトが持つ聖獣の力が発揮されて、暴食スキルの暴走を抑え込んだ」

「なるほど、だからか。ガリアで起こったという奇跡について、私からその話を聞いてあなたはロキシーに興味を持ったのね」

「もしかして、聖獣との戦いを見ていたのか？」

「まあね。これで遠くから観戦させてもらった」

得意げな顔をすると、ライネは懐から双眼鏡を取り出して俺に見せてくる。

透明マントで隠れていると思ったら、そんなことをしていたとは……。眠たそうな顔をして、見るところはちゃんとしているな。

「戦いの後の立ち去り際、ロキシーに声をかけていたでしょ？　何を言ったの？」

「なんだ、知りたいのか？」

「うん、気になるし」

奥へと通路を歩きながら話していたのに、突然ライネは道を塞ぐように立ちはだかった。

言わないと先に通さないぞということだろう。

「わかったよ。言うから先に進めさせてくれ」

「本当?」

「ああ、本当だ」

「ならよし。じゃあ、教えて」

すぐに自分のペースに相手を引き込もうとする子だな。フェイトも彼女と付き合うのは大変だろう。日頃大変そうな息子を想像して、思わず苦笑いがでる。

それを見たライネは眉毛を吊り上げながら、催促してくる。

「早く!」

「そこまで急かすなって。まったく……」

「私は気になったことは、徹底的に解析するのを信条としている。あっ、今は笑ったでしょ」

「気のせいだよ。それより、ロキシーに伝えたことか……」

「そう」

俺は一呼吸置いて、ライネに教える。

「フェイトと一緒にいたいなら、強くなれ……だ」

「それはどういうことかしら」

およそわかっているくせに、意地が悪いな。

「彼女のおかげで、フェイトは本来の力に目覚めようとしている。だが、それと同時にロキシーを失えば、精神に大きな負担がかかってしまうだろう。暴食スキルのこともある。おそらく取り返しがつかない結果が待っている」

「そのためにもロキシーには強くなってもらいたいと？」

「ああ……。彼女は人としては強いが、Eの領域には至っていない。フェイトの側にいてくれることはありがたい。だがそれ以上に危険なのだよ」

「ロキシーだって、それはわかった上で同行しているでしょ」

「本人が一番わかっているだろうさ。だからこそ、あえて言わせてもらった」

「強くなれと？」

「彼女は選ばなければいけない。このまま人の側にいるのか、それとも一歩踏み出すのかを。進めないのなら、大人しく家に帰るべきなのさ」

ロキシーがEの領域に至ることを、一番恐れているのはフェイトだろう。

これもライネから聞いた話だ。フェイトは王都で、ラーファル・ブレリックという聖騎士と対峙したという。そのときに息子は見たのだ。Eの領域をうまく扱えなかった者の末路を。

化物となったラーファルと戦ったフェイトなら、そのことのリスクをよく理解できているはずだ。俺には、理解してしまったフェイトがそのような危険な行為を、彼女にさせるとは思えなかった。

それ故に、ロキシーの意思が最も重要になってくるだろう。

「あなたの願う形になるといいね」

「俺としては、それは彼女に任せて……できることをやるだけだ」

重厚な扉の前までやってきた。この遺跡で、最も重要な場所だ。

このためにここは建設されて、研究が進められてきた。

「見るからに強固なセキュリティが施《ほどこ》されていそう。開けられるの？」

「これでも、昔は偉かったんだけどな」

「今は怪しいおじさん。あと誘拐犯」

「あの時は悪かったって謝っただろ。これだから、女性の恨み節は怖いんだ。口では気にしていないって言うくせに、何かの拍子でポッと出てくる。決して忘れていないんだよ」

「妻帯者だった人が言うと、言葉が重いわね。フフフッ、そのとおりよ」

満足顔のライネ。この様子なら、彼女の夫になる男は苦労することだろう。

「勘弁してくれ……」

頭を抱えながら、扉の前で手をかざす。すぐに生体認証されて、扉が開き始めた。

中は、今も変わらず、しっかりと稼働している。

並べられた大きなガラスの容器。そこには、赤い溶液に魔物たちが浸かり、静かに眠りについていた。

「これって……ラーファルの研究施設と一緒ね」

「生体実験はどこでも行っていたからな。どこかの物を真似たのだろう。この奥だ」

先に進もうとする俺の袖を引っ張って、ライネは一つの魔物を指差して言う。

「ねぇ、魔物って一体どこから来たものなの？」

「君は賢い子だ。それを訊くということは、もうおよその答えを導き出しているんだろ？」

「まあ、でもあなたから聞いておきたかった」

「それに答えてしまうと、君と俺との関係が良くないものになりそうだから、口をつぐませてもらう」

「ひどい人」

「それは肯定する。妻と出会うまでの俺はそうだったからさ」

溶液の中で眠る魔物を見ていても、しかたない。俺は歩き出し、その後ろを彼女は付いてくる。

ここはガリアの技術が今も生きて動いている場所だ。他にも興味をそそられる物もあっただろう。

しかし、遺跡に入ってからライネは脇目も振らずに付いてきた。

俺たちは、研究室の中央に位置する場所で立ち止まる。そこには、この遺跡を支えるエネルギー源ともいえる物が、青い光を放ちながら宙に浮いていた。

「これが例の物なの？」

「そうだ。昔はたくさん存在していたが、そのほとんどが失われてしまった。名をエーテル血晶という。神は人々にスキルを与え、そしてこの血晶を残した。これは神の血によって構成されている。俺たちは奇跡の石とも呼んでいた」

俺はエーテル血晶に近づいて、懐から血のように赤い石を取り出す。王都セイファートの研究者たち――ライネを含めた彼らは、これを賢者の石などと呼んでいたようだ。

これは集合生命体という生き物で、感染した宿主に大きな力を与えるものだ。異常な回復力やEの領域を容易く得ることができる。

だが、生き物である以上意思を持っており、適合する確率はとても低い。

大概は精神を乗っ取られてしまう。そしてEの領域の崩壊現象を誘発されて、醜い化物となる。

「ディーン……あなたはその石を素手で触っても、何の影響もないみたいね」

「俺にとって、これはただの道具の範疇《はんちゅう》に過ぎない。しかし、君が言う通り、意思を持っていると俺の言うことは聞かないからな。エーテル血晶の力によって、浄化させてもらおう」

エーテル血晶から降り落ちる光の粒子を、賢者の石に当ててやる。途端に、赤い石はもがくように波打ち出した。

「効いているようだな。いい感じだ」

最後に赤い石から人の顔が浮かび上がり、苦痛に満ちた叫び声を上げる。研究室の中に響き渡る大きな声だった。

静まり返った頃には、より赤くなった石だけが俺の手にあった。

「これで、完成だ。俺の思いのままにできるようになったわけだ」

「あなたの用事《天啓》が終わったところで、私は何をすればいいの？」

ライネは俺の顔の入れ墨が消えたことを教えてくれる。やれやれ、聖獣人は類稀《たぐいまれ》な力を得た代わりに、天啓と呼ばれるもので行動に制約がかせられている。

こうやって、お告げに応えると解除してもらえるのだ。

「大変そうね。その天啓って」

「途方も無い時間、これに付き合ってきたんだ。慣れたものさ。さて、本題にいこう」

俺はエーテル血晶の側にあるコンソール端末へと向かう。

これでエーテル血晶の管理を行っている。得られるエネルギーを遺跡のすべてに供給しているのだ。

「今までよく動いてくれた。忌まわしき研究と共に静かに眠ってくれ……エーテル血晶は息子のために使わせてもらうよ。……ありがとう」

停止コードを打ち込み、全システムをシャットダウンさせる。それと同時に、エーテル血晶を持ち運べるようにパッケージングするようにも指示を出した。

機械アームが天井から現れてエーテル血晶を掴むと、携帯用の保護容器に手早く入れていく。

「出来上がったようだ。これを君に託そう」

「このエネルギー源を使って、何かをしろと？」

「いやいや、これはエネルギー源だけではない。先程も見てもらったとおり、賢者の石も浄化させた。エーテル血晶は神の英知が記されているんだ。俺はその一端を引き出したに過ぎない」

「なるほど……これを私に解析させたいわけね」

俺はエーテル血晶が入った保護容器を彼女に渡す。

「これを使えば、ガリアの技術がより深まるだろう。フェイトに力を貸してやってくれ」

「ええ、そのつもりよ」

そう言ってくれた後、ライネは首をひねりながら、

「解析ならここの施設を使うほうが効率よくできそう。なのに離れる理由は？」

「俺はこの後、ハウゼンに行かないとならない。しかし君をここに残しておけば、危険が及ぶかもしれない。安全をとって、このまま同行してもらおうと思う」

「危険って？」

「ゾディアック・スコーピオンとの戦いでもわかってもらえるとおり、俺たちはすでに一枚岩ではない。各々が独立をした目的を持って動こうとしている。だから、俺が君に危害を加えるつもりがなくても、他の者がそうとは限らない。特にライブラが……」

「わかったわ。あなたについていく。その代わり、これを解析できる場所はあるんでしょうね」

「もちろん。さあ、エネルギー源が無くなって、建物の照明も暗くなってきた。真っ暗になる前に退散しようか」

研究室を出ていくときに、横目で見たガラスの容器たち。中に入っていた魔物は生命補

助機構が停止したために、形が崩れ始めていた。

先を歩く俺に、ライネから声がかかる。

「ねぇ、一つ訊いていいかしら？」

「なんだ」

「ディーン……あなたは、生き返ることができてよかったと思っている？」

「とても良かったと思っている。成長したフェイトにも会えたしな。それに……」

俺は一呼吸置いて、ニッコリと笑って言う。

「ライブラとの因縁に、今度こそは決着を付けられる」

これは、神がくれた最後のチャンス。生き返ったとき、妻の墓の前で泣いて喜びながら誓ったのだ。

あとがき

お久しぶりです。一色一凛です。

あっという間に六巻です。

歳を重ねるごとに時間の流れは早く感じるようになるらしい……それを実感するばかりです。

ついこの間、五巻のあとがきを書いたばかりのような気がしております。

アーロンに見送られて、王都セイファートを旅立ったフェイト一行。

立ちはだかり力を貸す父親ディーン。

新規の登場人物としてスノウが加わりました。わんぱくで自由奔放なスノウは、今後のストーリーに大きく関わってくるキャラです。

本来の姿は手のつけられない聖獣ですが、人化するとなぜかフェイトに懐いています。

その理由は次第に明らかになります。

そして、力不足感が否めないロキシーはどうなってしまうのか⁉

フェイトに同行するといっても、今のままでは戦力になるどころか、足手まといですから……。

この件も、次巻で乞うご期待です！

またカクヨムで、第二部を少しずつ書き進めております。

第八巻以降のストーリーのため、文庫版ではまだ先のことですが……。

心機一転して、新たな試みを加えながら、展開させています。フェイトは、成長したと思っていても、まだまだ大人にはなりきれていないなと作者自体が思っております。

それは違う角度から見れば、フェイトにはまだまだ伸び代があるとも言えるのではないかとも思っております。

もし、文庫版で八巻まで続き、その先を読んでみたいと思われましたら、ぜひカクヨムの『暴食のベルセルク』へ遊びに来てください。

そして、アニメの『暴食のベルセルク』は順調に制作されております。

脚本の監修から、声優さんの選考……絵コンテの監修……などいろいろと関わらせていただいております。

脚本では第三者から見た作品として、組み立てられていくのを間近で見させて頂いたことが良い刺激になっております。なるほどと、思わされることが多かったです。それが第二部へと少しでも活かせるように研鑽しております。

声優さんの収録は、想像以上に緊張感があるものでした。

私の中のイメージでは、和気あいあいで華やかな感じでしたが、違っておりました。

一瞬一瞬が真剣勝負。特にキャラ同士の掛け合いの際は、こちら側にも張り詰めた空気感が伝わってくるようでした。

限られた時間で最高のパフォーマンスを出す。それはベテランも新人も変わりなく、その場にいるということはプロフェッショナルなので、出来て当たり前という……何とも言えない緊張感が凄いなと、参加するたびに思わされました。

しかし、その中でも楽しめるような瞬間もあり、こちらもほっと胸を撫で下ろす感じで聞いておりました。

フェイト、グリードの掛け合いは最高です！　ぜひ、アニメが放送された際は見ていただきたい！

ロキシーはキリッとしていて、マインはマイペース。アーロンは、やっぱりイケおじでした。

アニメ化は、初めてのことばかりで大変ですが……それ以上に創作において大きな刺激を得られております。ありがとうございます。

そう……新たな刺激といえば、もう一つ。

ピッコマ様で、『暴食のベルセルク』がSMARTOONとして、始まりました。

SMARTOONというのはフルカラー縦漫画のことで、一から作品を作り直しております。滝乃先生が描く『暴食のベルセルク』とは違った。もう一つの『暴食のベルセルク』です。

SMARTOONらしくスマートフォンで読むことに特化したレイアウトや演出をふんだんに詰め込んでいます。

ちょっとした空き時間に読んでもらえるように、一話一話を作り込んでおります。

アニメ同様、年単位で担当編集さんと頑張ってきた力作です。

これ以上ない仕上がりになっていると思っております。原作者として、心血を注ぎました。ぜひ読んでもらえると幸いです。

最後に、コミカライズの滝乃先生、いつもありがとうございます。『暴食のベルセルク』の世界観を余すことなく、漫画の中で表現していただき、原作者として幸せの限りです。

文庫化に合わせて新たなカバーイラストを描いてくださったfameさん、サポートしていただいた担当編集さん、関係者の皆様に感謝いたします。

では次巻で、またお会いできるのを楽しみにしております。

ファンレター、作品のご感想をお待ちしています!

【宛先】
〒104-0041
東京都中央区新富1-3-7　ヨドコウビル
株式会社マイクロマガジン社
GCN文庫 編集部

一色一凛先生 係
fame先生 係

【アンケートのお願い】

右の二次元バーコードまたは
URL (https://micromagazine.co.jp/me/) を
ご利用の上、本書に関するアンケートにご協力ください。
■スマートフォンにも対応しています(一部対応していない機種もあります)。
■サイトへのアクセス、登録・メール送信の際の通信費はご負担ください。

本書はWEBに掲載されていた物語を加筆修正し書籍化した作品を、改題のうえ文庫化したものです。

この物語はフィクションであり、実在の人物、団体、地名などとは一切関係ありません。

GCN文庫

暴食《ぼうしょく》のベルセルク
～俺《おれ》だけレベルという概念《がいねん》を突破《とっぱ》して最強《さいきょう》～⑥

2023年4月27日　初版発行

著者　一色一凛《いっしきいちか》

イラスト　fame《ふぇーむ》

発行人　子安喜美子

装丁／DTP　横尾清隆

校閲　株式会社鷗来堂

印刷所　株式会社エデュプレス

発行　株式会社マイクロマガジン社
〒104-0041　東京都中央区新富1-3-7　ヨドコウビル
［販売部］TEL 03-3206-1641／FAX 03-3551-1208
［編集部］TEL 03-3551-9563／FAX 03-3551-9565
https://micromagazine.co.jp/

ISBN978-4-86716-415-0 C0193

圧倒的な迫力で
コミカライズ!!
暴食のベルセルク
BERSERK OF GLUTTONY
～俺だけレベルという概念を突破する～
［THE COMIC］
滝乃大祐
原作／一色一凛
キャラクター原案／fame
コミックス1～9巻
好評発売中!!!
ライドコミックス